Sophie Andresky

Tiefer

Erotische Verführungen

Rowohlt
Taschenbuch
Verlag

Originalausgabe

Veröffentlicht im Rowohlt Taschenbuch Verlag GmbH,
Reinbek bei Hamburg, April 2003
Copyright © 2003 by Rowohlt Taschenbuch Verlag GmbH,
Reinbek bei Hamburg
Umschlaggestaltung any.way, Andreas Pufal
(Foto: IFA Bilderteam)
Satz Adobe Caslon PostScript, PageMaker, bei
Pinkuin Satz und Datentechnik, Berlin
Druck und Bindung Clausen & Bosse, Leck
Printed in Germany
ISBN 3 499 23366 5

Die Schreibweise entspricht
den Regeln der neuen Rechtschreibung.

Inhalt:

In Liebe für Marcus.
Weil du weißt, wer ich wirklich bin.

Die Mundhure

In guten Nächten mache ich sechs- bis siebenhundert Mark im Ulysses. Ich bleibe, bis es draußen hell wird und auch der letzte Kunde auf allen vieren zum Taxistand gekrochen ist. Die Zeit zwischen Sonntagmorgen und Freitagmittag kommt mir viel unwirklicher vor als das bunt zuckende Licht, die dröhnende Musik, die noch tagelang als schrilles Fiepen in meinem Kopf sitzt wie ein großes Insekt. Ich bin als Studentin eingeschrieben, Betriebswirtschaft, aber mal ehrlich: Der wahre Betrieb ist woanders, und die Wirtschaft ankurbeln kann ich im Ulysses auch besser als im Hörsaal. Wenn mich jemand fragt, was ich so mache, antworte ich: «Ich bin sozusagen selbständig» oder: «Ich habe viel mit Menschen zu tun.» Das reicht dann schon.

Den Rest der Woche sitze ich mit einer Jumbotasse Milchkaffee am Fenster, schütte esslöffelweise Zucker hinein und trinke die heiße Brühe, während meine Füße in dicken grauen Bergsteigersocken auf der Heizung liegen und ich Kreuzworträtsel löse. Dieser heiße Zuckerkaffee ist oft alles, was ich koche, ist meine Nährlösung. Und wenn es dann Zeit wird, stehe ich auf, reibe mir den Hintern und gehe ins Bad. Ich verwandle mich. Das Girlie in den Armeeklamotten mit dem blauen Wischmopp auf dem Kopf verwandelt sich zu der Sphinx, für die meine Kunden viel Geld bezahlen: langes glattes blaues Haar, in der Mitte gescheitelt, weiß bemalte Lippen, farbige Kontaktlinsen, eine zerlöcherte Jeans und auf die Brüste zwei große Aufkleber mit Pfauenfederaugen. Fertig.

Ich packe meine Sachen in eine Handtasche und zwänge mich in ein Paar Stilettopumps. Als ich das erste Mal versuchte, darauf zu gehen, hatte ich die Anmut von Goofy auf Glatteis. Wenn ich etwas zu sagen hätte, würde ich ein Gesetz erlassen, dass alle Männer ein Pflichtjahr auf Pumps machen müssen, damit sie wissen, was sie uns antun.

In guten Nächten sind die Tanzflächen und vor allem die Barhocker voll, aber die Nischen, in denen rote Plüschsofas stehen, relativ frei. Man sitzt tief darin, und manchmal rutscht ein Mädchen bis zur äußersten Kante und spreizt die Knie weit, damit jemand, der vor ihr auf der Tanzfläche steht, sie bemerkt und mitnimmt. Das sind die Schlüpfermädchen, obwohl sie oft nicht mal einen tragen. Die wissen genau, was die Männer im bunten Licht der Nischen zu sehen bekommen. Wenn dann einer mit den Augen genau zwischen den Schenkeln von so einer hängen bleibt, saugt sie ihn zu sich heran. Von ihrem rasierten, buntpuscheligen oder Intimschmuck-behängten Pfläumchen geht ein Sog aus, der Typ hört auf zu tanzen, starrt hypnotisiert in die feuchte Spalte und würde am liebsten hineinschlüpfen, mit der Zunge voran.

Ich habe so etwas nicht nötig. Die Männer kommen zu mir. Ältere oft, die jungen sind zu ungeduldig, die wollen ran ans Fleisch. Die wippen und hüpfen die ganze Zeit wie Pfaue auf der Balz und springen die Mädchen an, statt mit ihnen zu sprechen.

In guten Nächten sind im Ulysses Männer, die mich kennen. Die genau wissen, wie so etwas abläuft, die mich zu schätzen wissen und entsprechend bezahlen. Wir treffen uns in den Nischen, denn nur da ist es leise genug, um sich zu unterhalten – vorausgesetzt, man steht oder sitzt sehr nah beieinander, aber das gehört sowieso zu meinem Job. Ich suche mir immer ein Sofa, von dem aus ich alles genau im Blick habe, ich gewöhne mich an die Lautstärke, das Hämmern der Beats im Magen. In eine Disko wie das Ulysses kommt niemand zum sportlichen Spaßhaben oder Tanzen. Im Grunde geht es nur um Sex. Die Männer tragen ihre Erektionen vor sich her, als wären sie der heilige Gral. Und die Frauen sind ganz Brüste. Unter engen Fähnchen tragen sie Pushups oder gar nichts. Jedes Gramm Bauchfett wird bis unters Kinn gepresst, bis es aussieht, als trügen sie hochgerutschte Kokosnusshälften unterm Hemd. Die Anfängerinnen kommen in schwarzer Kleidung, weil sie glauben, dass Schwarz sexy ist, ist es auch, aber nicht in der Disko. Was im Schwarzlicht am besten aussieht, sind weiße Oberteile auf gebräunter Haut, die springen einen richtig an. Und ums Besprungenwerden geht es immerhin. Alles hier ist Onanie. Na ja, im Grunde ist es Verzweiflung. Die Singles sind frustriert, weil sie Singles sind. Und die Paare, weil sie nicht mehr baggern können. Die Älteren sind frustriert, weil sie neben dem ganzen Frischfleisch wie Dörrobst aussehen, und die Teenies sind frustriert, weil sie fettige Haare haben und Pickel und nicht wissen, wohin mit ihren viel zu langen Armen und Beinen. Und weil sie ständig so tun müssen, als wüssten sie, was sie wollen, wenn sie vor den anderen Halbgaren herumspringen. Dabei hat man in dem Alter überhaupt keine Ahnung. Als ich dreizehn war, habe ich in der Bravo gelesen, dass sich die Länge des Schwanzes verdoppeln kann, wenn er steif wird. Ein paar Seiten später stand nun, der Euroschwanz sei etwa 16 cm lang. Also: 32 Zentimeter in Gefechtsstellung. Jungsein ist echt scheiße.

In guten Nächten bewege ich mich erst einmal, manövriere mich vorbei an Holzfällertypen, die auf der Tanzfläche herumtapsen wie angeschossene Grizzlybären, und gealterten Frauen, die direkt vor einem der Stehtische wippen und ihre eigene Handtasche zwischen den fleckigen Gläsern antanzen. Die wissen genau, dass ihre Handtasche das Einzige ist, was heute Nacht mit ihnen nach Hause geht, und drum sind sie nett zu ihr. Ich arbeite mich vor bis zu einem Pärchen, einer Frau mit weichem Mund, der man nicht gleich ansieht, dass sie auch Geheimnisse hat, und ihrem Mann, der von ihr zum Tanzen überredet wurde, der sein Hemd über der Hose trägt und bei dem das niedlich aussieht.

Ich genieße es zu tanzen, die Füße fest auf dem Boden, und nur der Oberkörper zuckt und ruckelt, sodass sich die kleinen Kirschbrüste unter meinem Oberteil bewegen wie Kugeln in einem Flipperautomat. Ich gebe meiner Hüfte einen Stoß nach rechts und fühle, wie meine Knochen nachschwingen, alles an mir schwingt. Ich wäre gerne dicker. Ich hätte gerne einen Arsch, der die Hose prall ausfüllt, wenn ich in die Knie gehe, und ich hätte gerne kleine Röllchen über dem Hosenbund, wenn ich mit der Hüfte kreise. Und ich hätte gerne Brüste, große Brüste, die ich wackeln lassen kann beim Tanzen. An mir ist eigentlich gar nichts dran. Als hätte mich das Leben abgenagt wie ein halbes Hähnchen vom Grill. Vielleicht bin ich deshalb so erfolgreich, meine Kunden mögen das. Die wollen keine saftige, wirkliche, fleischige Frau, die wollen ein Nichts, ein Hauch von einem Etwas. Die wollen nicht in mich hineintauchen wie in die Schlüpfermädchen mit ihren prallen Oberschenkeln und rosigen Hintern, die wollen, dass ich in sie krieche, dass ich da in ihrem Kopf eine Leere fülle, und um in diese Männer hineinzukommen, muss ich sehr, sehr schmal sein, fast unsichtbar. Und so bin ich auch. Im Grunde bin ich eher ein Hologramm als eine Frau.

Heute ist eine gute Nacht, das merke ich gleich. Eine Nische ist noch fast frei. Ein Pärchen sitzt da, ein Frollein mit seinem Herrchen. Er zupft sich ständig an seinem ersten Ziegenbart herum, ohne zu bemerken, wie uncool das ist, und sie hat den Sexappeal eines Frottébezugs und zwitschert immer wieder, was für ein «Hype» das hier im Ulysses ist, als wäre sie eine Schallplatte mit einem Sprung. Die haben von nichts eine Ahnung, nicht mal vom Küssen, das sieht aus, als würden sie sich gegenseitig die Mandeln ablecken – na ja, vielleicht will sie mal Kieferchirurgin werden oder HNO-Ärztin, wenn sie groß ist. Aber stören werden sie mich auch nicht. Ich mache meinen Job sehr professionell, ehrlich gesagt, bin ich die beste Mundhure in diesem Laden, vielleicht auch die einzige.

Ich bestelle etwas und sehe mich um. Eine Gruppe von Typen in weiten Seidenhemden versucht es vergeblich bei zwei Vorstadtfriseusen, denen wohl heute Abend der Föhn explodiert ist. Eine hübsche Schwarze wehrt sich gegen die Zudringlichkeiten eines speichelnden Michelin-Männchens. Das Sofa ist weich, und das Trockeneis, das immer wieder über die Tanzfläche geblasen wird, riecht betäubend süßlich, fast möchte ich schlafen, aber man lässt mich nicht. Milz steht vor dem Tisch, hebt eine Hand hoch, dreht mir die Innenfläche zu und bleibt dann mit eingefrorenem Lächeln stehen wie eine Schaufensterpuppe. Er ist immer noch ein ganz Kerniger, nicht mehr ganz so muskulös wie damals, als er eine Rollschuh-Nummer in einem Varieté hatte und jeden Tag zweimal seine Frau durch die Luft wirbelte, aber immer noch tadellos. Seine nackte Brust unter dem offenen Hemd ist unbehaart und fest. Seine Beine sehen endlos aus in der Lederhose und den hochhackigen Stiefeln. Sein Gesicht mit den grauen Augen und dem schönen breiten Mund wirkt fast künstlich, seine Glatze wechselt die Farbe im Rhythmus der Beleuchtung. Je länger ich ihn ansehe, desto mehr erinnert er mich an einen schönen, verkommenen Bruder von Meister Proper. «Hallo Milz», sage ich und lege meinen Kopf gegen die Sofalehne. Er gleitet neben mich. «Meine Schöne …», er streichelt meine Wange und küsst mich auf den Hals. Eine scharfe Knoblauchfahne weht mich an, als hätte er einen Pesttoten im Hals. Manche Leute halten Mundgeruch für eine besonders papstfreundliche Form der Verhütung. Ich schiebe ihn weg. «Lass mich, Milz.» Er legt einen Hundertmarkschein auf den Tisch. Das Frollein sieht mich ungläubig an, wahrscheinlich tritt sie gerade ihr Herrchen unter dem Tisch, damit der nichts verpasst von den ach so unglaublichen Dingen, die hier vor sich gehen. «Komm schon», schmeichelt Milz, «mach hinne. Mein Leben ist so trostlos ohne dich. Und in meiner Hose», er zippt den Reißverschluss auf und wieder zu, das Leder knirscht, «tut sich sonst gar nichts. Meine Frau verzweifelt, ich verzweifel, also mach's mir.» Ich räkel mich. Milz legt einen zweiten Hunni dazu. Ich lasse das Geld in meiner Handtasche verschwinden und sehe ihn an. «Was soll's denn sein?», frage ich mit dem Charme einer Wurstverkäuferin. Er lehnt sich zurück. «Mach einfach», sagt er, «es ist echt nötig.» Ich setze mich aufrecht hin und sehe mich um. «Da ist eine Frau», sage ich. So fange ich meistens an, und dabei suche ich eine, die passen könnte. Ich finde sie an der Bar. «Die da hinten an der Theke, die mit dem weißen Schlauchtop und den Krähenfüßen, als wäre ihr ein ganzer Adler durchs Gesicht gelatscht. Die mit der riesigen Nase wie ein Beagle. Eben hatte sie noch einen trägerlosen BH an, wahrscheinlich wusste sie nicht genau, was sie hier will, aber vor ein paar Minuten hat sie ihn ausgezogen. An der Bar. Snoopy hat sich einfach das Top hochgeschoben und die Häkchen auf dem Rücken von dem Typen hinter ihr aufmachen lassen, dem, der jetzt mit der Barmaid spricht. Ganz kurz sah man ihre Titten, sie hatte irgendwas darauf tätowiert, genau konnte ich das nicht sehen von hier aus.» Das HNO-Frollein am Tisch schluckt und sieht ungläubig von mir zu der Frau an der Bar und zurück. Die wird sich noch wundern. Ich rede weiter: «Snoopy will geleckt werden, das sieht man. Die glaubt, dass sie sich alles kaufen kann, was sie will. Erst war sie auf den jungen Chinesen da hinten scharf, siehst du den? Den mit der weiten schwarzen Hose, der mindestens zehn Jahre jünger ist als sie, also ist sie näher an ihn rangetanzt und hat sich an ihm gerieben. Er wusste gar nicht, wo er mit sich hinsollte. Seinen Ständer habe ich bis hierhin gesehen. Ich garantiere dir, der hat noch nie seine Nase in eine Muschi gesteckt, der weiß gar nicht, was er machen soll mit seiner Zunge, wahrscheinlich saugt er ihr eher den Kitzler raus, statt auf die Idee zu kommen, mit breiter Zunge darüber zu lecken, damit die ganze Muschi heiß und saftig wird.» Milz schluckt. «Sie haben also zusammen getanzt, und die Frau hat ihm erklärt, was sie will und was sie ihm zahlen wird. Und dann hat sie plötzlich an der Bar dieses Mädchen gesehen.» – «Welches?» Milz zwirbelt sich die Brustwarze unter dem Hemd. Das Herrchen guckt jetzt genauso verstört wie sein Frollein. «Na das, was da neben ihr tanzt mit dem T-Shirt, auf dem ‹Titanic 1912 Swim-team› steht.» Das Mädchen bietet sich richtig an, geht in die Knie, fasst sich an die Oberschenkel, ein Träger rutscht ihr immer über die Schulter, und die Frau steht da an den Tresen gelehnt und überlegt sich, was sie mit den beiden Hüpfern gleich anstellt. Ich denke nach. «Was sie nicht weiß», raune ich, «ist, dass alles ganz anders kommen wird. Noch glaubt sie, sie wird ihre Privatvorstellung so durchziehen: sie mit gespreizten Beinen draußen neben dem Imbiss an die Wand gelehnt, der Junge kniend vor ihr, seine Zunge in ihrer Möse, sein Finger fickt gleichzeitig das Mädchen, das wiederum die Frau mit der Zunge küsst und sie an seinen Tittchen spielen lässt. Aber das wird nicht passieren.» Ich stehe auf und stelle mich hinter Milz, der die Frau an der Theke und den jungen Asiaten fixiert und mit einer Hand unter dem Tisch seinen Schwanz durch das Leder massiert. Das Pärchen muss nicht alles mitkriegen. Wenn sie hören wollen, was jetzt passiert, sollen sie zahlen. Sie halten die Spannung aber nicht aus, sondern gehen tanzen, ganz eng, obwohl es ein schnelles Lied ist. Jede Wette, dass die gleich nach Hause fahren und sich auf ihrem Öko-Flokati durchvögeln und sich dabei irre verwegen vorkommen. Akustische Parasiten, sich von mir aufgeilen lassen, aber nicht zahlen, ich liebe so was. Milz stöhnt. «Was siehst du?», röchelt er, «was siehst du?» Ich habe magische Augen. Ich sehe

Dinge, die andere nicht sehen, und besser noch: Die Dinge verändern sich unter meinem Blick, so, wie ich das will. Die Frau zum Beispiel spricht jetzt tatsächlich das Mädchen an, vielleicht will sie Feuer, oder sie fühlt sich an ihre Tochter erinnert, wer weiß, aber ich sage: «Guck hin! Snoopy bietet ihr Geld an, sie weiß etwas über dieses Mädchen, ich glaube, sie hat sie auf dem Klo beim Koksen erwischt. Sie droht ihr, sie bei den Security-Leuten anzuzeigen, es sei denn, sie geht jetzt raus und zieht sich schon mal den Slip aus, gleich, warte, na bitte.» Das Mädchen verschwindet in der Menge. Der Chinese tanzt näher zur Bar heran. «Er will wissen, ob der Deal noch gilt. Das Mädchen steht schon draußen mit blankem Möschen neben dem Imbiss, und gleich geht die Frau ihr nach, und der Junge wartet noch, trinkt etwas, damit es nicht auffällt, aber wir beide», ich hauche in Milz' linkes Ohr, «wir wissen ja, was da passiert.» Er nickt und keucht leise. «Draußen fangen die beiden schon mal an, befühlen sich gegenseitig die heißen Muschis und reiben die Brüste aneinander.» – «Mach was Dominantes», keucht Milz heiser, und ich stöhne innerlich, Muschilecken kann ich minutenlang beschreiben, in der Zeit hätte ich mir die überraschende Wendung ausdenken können, aber Milz ist ein Kunde mit einem sehr eigenen Geschmack. «Was die Frau nämlich nicht weiß», sage ich gedehnt, «ist, dass die beiden zusammenarbeiten, das Mädchen und der Chinese. Und der ältere Mann da vorne, der dir ein bisschen ähnelt, siehst du den, mit der Glatze? Der gehört auch dazu.» Der Glatzkopf hatte schon länger mit einem Schein an der Bar gestanden, über seinem Arm hängt eine Jacke, es ist also klar, dass er jetzt gehen wird. «Siehst du, er geht den beiden jetzt nach, im Vorbeigehen befiehlt er dem Chinesen, drinnen zu bleiben und sich eine andere Frau zu suchen, es ist ja noch früh, und drei schaffen sie immer. Er geht also raus und lässt seine Handschellen aufschnappen, die er immer dabei hat, ganz leise, damit die Frau, die da ganz mit der Pflaume des Mädchens beschäftigt ist, es nicht hört, aber die hört sowieso nichts. Mach jetzt die Augen zu, Milz, und entspann dich», hauche ich. Milz gehorcht, das tun meine Kunden immer. «Er tritt also zu den beiden, und schnappschnapp hat er der Frau die Hände gefesselt. Sie gurrt mehr, als dass sie sich wehrt, weil sie glaubt, es ist ein Spiel, und das ist es ja auch. Er kniet sich vor sie hin und fängt an, sie zu lecken.» − «Fickt er sie dann?», fragt Milz mich, als wäre ich die Märchentante auf der Bettkante. «Mmmm», brumme ich, «er dreht sie um, macht ihre Beine ganz breit, das Mädchen zieht ihm schnell ein Gummi über, und los geht's. Während er sie durchfickt, klaut ihr das Mädchen das Portemonnaie aus der Handtasche, das merkt sie gar nicht, weil sie so mit Jammern und Stöhnen beschäftigt ist. Und als der Mann seinen Schwanz aus ihr herauszieht, nimmt er ihren Slip mit und zieht ihr auch das Schlauchtop aus und schließt dann erst die Handschellen auf. Und ratzfatz ist er mit dem Mädel wieder drinnen.» − «Sie muss halb nackt zum Auto?», fragt Milz, «mit schaukelnden

Brüsten und ganz harten Spitzen in der Kälte?» Dass ihm das gefällt, wusste ich, am Ende trabt bei ihm immer irgendeine Mieze halb nackt über einen Parkplatz, er braucht so was. Ich setze mich wieder aufs Sofa und stecke mir eine Zigarette an, Milz bekommt keine von mir, die raucht er später zusammen mit seiner Frau, hoffe ich für sie. Er sieht mir nicht mehr in die Augen, murmelt «Firma dankt» und rutscht vom Sofa. Sein Ständer presst sich deutlich gegen das Leder. Wenn seine Frau Glück hat, fährt er gleich nach Hause, wirft ein Pfefferminz ein und wiederholt ihr die Geschichte. Wenn nicht, schafft er es nur bis zu den Toiletten am Ausgang und besorgt es sich da in einer Kabine selbst. Das ist mein Job. Ich erzähle Geschichten. Und im Morgengrauen gehe ich randvoll mit diesen Geschichten, die ich gesehen, erfunden und erzählt habe, nach Hause. Manchmal schreibe ich sie auf und schicke sie an Zeitschriften. Manchmal setze ich mich auch einfach nur mit einer Tasse Kaffeenährlösung ans Fenster und denke über alles noch einmal nach, fühle, wie mein Gehör durch das Fiepen hindurch wieder zurückkehrt und sich mein Magen, in dem die Bässe immer noch hämmern, beruhigt. Die Kids im Ulysses nennen das «Chillen», dieses Runterkommen. Ich denke über dieses merkwürdige Wort nach, das neuerdings alle benutzen und das ich nicht mal übersetzen kann, und zünde mir eine Zigarette an. Die berühmte Zigarette danach. In guten Nächten gönn ich mir die.

Fünfzehn Minuten mit McMiez

Es gab einen Rumms, ein Scheppern, und dann, nach einigem Schaukeln, stand das Shuttle still. Yoko seufzte, nestelte an ihrem Sicherheitsgurt und legte ihren Ringfinger auf die Sensortaste, um die Luke zu öffnen. «Du parkst wie ein Neandertaler aus dem 20. Jahrhundert», sie streckte sich, «diese Shuttles sind so unbequem. Jetzt hoffe ich für dich, dass wenigstens das Motel gut ist.» Zip ignorierte ihre Sticheleien und stieg ebenfalls aus. Das Shuttle stand etwas schief, aber noch innerhalb der angegebenen Begrenzung vor dem leuchtenden Beta-Motel. Durch die gläserne Außenwand sah man hinein in Zimmer und Korridore, die Aufzüge glitten an steilen Treppen vorbei, die wie immer nur Dekoration waren. Alles war Dekoration. Auch die nackten Frauen in den Schallduschen, die Männer, die in dreidimensionalen Fernsehsendungen saßen, oder die Putzandroiden, die man durch die Glaswand geschäftig herumfuhrwerken sah, waren Dekoration, Holographien, die von kleinen Projektoren oben am Dach auf die Außenwand geworfen wurden, um den ankommenden Gästen eine persönliche Atmosphäre zu vermitteln. In Wirklichkeit war die Außenfront aus dem neuen, denkenden Kunststoff, fensterlos, selbständig klimatisierend und biologisch abbaubar.

Yoko und Zip gingen auf die Eingangstür zu, der Sand knirschte unter ihren Füßen, und beide zogen unwillkürlich die Köpfe ein, als ein heißer, staubiger Wind unter ihre Kleidung fuhr. Sie zogen ihre Karten durch das Lesegerät und bestätigten ihre Buchung mit dem Ringfingerabdruck und der Buchungsnummer mj1967. Drinnen leuchteten in Vitrinen Getränke, Süßigkeiten und Konserven. Grelle Schriftzüge auf Automaten priesen die neusten Designerdrogen an, und für Gesundheitsfanatiker gab es die unvermeidliche Sauerstoffbar, auf die ein wahrscheinlich betrunkener Gast «Millenium-Ökos!» geschmiert hatte. Ein dreidimensionales Holoplakat warb für den angrenzenden Nationalpark «Wunderwelt Afrikas» und dessen größte Attraktion, eine Herde geklonter Giraffen. Das Motelzimmer war fensterlos und schalldicht, das Band mit den Hintergrundgeräuschen spielte nostalgische Straßenszenen, Autohupen, schreiende Händler, brüllende Kamele, schrille Pfiffe. Yoko lachte. «Ach, Urlaub in einem Beta-Motel, ist das herrlich. Ich bin so froh, im Beta-Club zu sein! Die Alphahotels sind hochgestochen vornehm und die Gamma-Pensionen schmierig, wie schön, dass wir ein Beta-Motel gebucht haben.» Sie ließ sich aufs Bett fallen, einfach so, ohne vorher ihren Virendetektor einzuschalten, die Bettwäsche würde nach ihrem Auszug morgen früh zusammen mit der gesamten Einrichtung eingeschmolzen und neu aufbereitet werden. Sie schälte sich aus ihrem Overall. Das Material des Plumeaubezugs, wiederum dieser neue denkende Kunststoff, fühlte sich weich und seidig an. Yoko räkelte sich auf dem Bett. Auch Zip hatte sich mittlerweile ausgezogen. «Ups, weißt du was», murmelte Yoko, und Zip grinste, «hast schon wieder Schaum vorm Mund, was?» Sie fühlte mit einem Finger vorsichtig zwischen ihren Beinen nach, «meine Muschi ist ganz feucht, wahrscheinlich durch die Vibrationen im Shuttle. Sieh mal, die Härchen sind schon ganz seimig.» Sie öffnete weit die Knie und hob ihm das Becken entgegen. Zip nickte und strich über seinen Ständer. «Ich auch. Ist das nicht romantisch, dass wir beide zusammen fransig sind? Das ist doch eine Leistung nach drei Ehejahren.» – «Und was jetzt?», Yoko sah sich in dem Raum um, «sieh doch mal nach, ob sie Fick-Androiden im Schrank haben.» Aber der Schrank war leer, Fickandroiden gehörten erst bei Alpha-Hotels zum Standard. «Auch keine Popp-Pillen im Nachttisch? Nicht mal eine Handmuschi oder Kabel für Cybersex?» Zip schüttelte den Kopf, dann sah er das Schild, das auf der Wand der Schalldusche angebracht war, «na wenigstens einen McMiez. Ist doch praktisch, dass es die überall gibt. Da bin ich aber echt gespannt, ob die das hier so hinkriegen wie zu Hause.» Yoko hielt schon ihr Videohandy in der Hand und wählte. Eine elektronische Stimme meldete sich nach dem ersten Piep. «Hallo, hier ist McMiez, Ihr freundlicher Hostessen-Service. Wir leiten Sie jetzt automatisch durch unser Angebot.

Möchten Sie eine Mieze unter dreißig, dann wählen Sie bitte die Eins, möchten Sie eine Mieze zwischen dreißig und fünfundvierzig, wählen Sie bitte die Zwei, möchten Sie eine Mieze zwischen fünfundvierzig und …» Zip nahm ihr das Handy weg und drückte dabei aus Versehen mit dem Daumen auf die Fünf. «Na super», lachte Yoko, «du hast uns gerade eine siebzigjährige Mieze bestellt, vielen Dank.» Die elektronische Stimme redete weiter: «Möchten Sie eine Mieze mit blonden Haaren, drücken Sie die Eins, möchten Sie …» Yoko schnappte wieder das Handy und drehte sich damit auf den Bauch, Zip warf sich über sie und versuchte, es ihr wegzunehmen. Schließlich landete es auf dem Fußboden, und Yoko erwischte es gerade noch, als die elektronische Stimme sagte: «Vielen Dank, Sie haben eine siebzigjährige, transsexuelle Mieze ohne Haare mit Dominaausstattung für Badewannenspiele gebucht. Bestätigen Sie die Bestellung jetzt mit Ihrem Ringfingerabdruck, und in fünfzehn Minuten ist die Mieze bei Ihnen.» Yoko schaltete das Handy aus und sah Zip an. «Und was jetzt? Mensch, ich bin so fransig, ich muss ficken, sonst kommt mein Biorhythmus durcheinander.» Zip rieb an seinem aufgerichteten Schwanz auf und ab und überlegte. «Wir können einen 3-D-Porno laufen lassen und versuchen, es mit der Schalldusche zu machen.» – «Klar, wir können uns auch Bärenfelle umhängen und in Höhlen leben. Mein Kitzler ist groß wie ein Startknopf im Shuttle, ich *muss* ficken, ich sag dir das.» Yoko stand vom Bett auf und nahm sich einen neuen Overall aus einem Vakuumpack, «dann fahren wir eben zum nächsten McMiez-Schalter, der muss hier ja irgendwo sein.» Motels und McMiez-Schalter waren meistens in der Nähe von Landebahnen und Kommunikationsknotenpunkten. Mit dem Navigationssystem im Shuttle hatten sie den Schalter bald gefunden. Yoko rutschte auf ihrem Sitz hin und her. «Mach den Drive-In, ich hab's eilig!» Zip fuhr in die vorgezeichnete Bahn, senkte das Fenster und drückte auf den Knopf über dem Monitor. Das Bild der elektronischen Empfangsmieze erschien. «Die sieht schon mal aus wie überall», sagte Zip.

«Hallo», schepperte die Stimme, «was kann ich für Sie tun?»

«Einmal McMiez, bitte.»

«Zum Hiervögeln oder zum Mitnehmen? Beim Mitnehmen hat die Mieze einen Mantel an.»

«Zum Mitnehmen. Wir vögeln sie im Shuttle.»

«Und welches Angebot hätten Sie gerne zur Mieze? Wir haben McToy mit Spielzeug, McBoy für Knabenliebhaber, Mcfriend für Gruppensex, McMoist für Badewannen- und Schallduschenspiele, McLook, dabei darf dann einer zusehen …»

«McLook», rief Yoko vom Beifahrersitz, «und zwei Miezen, einen rothaarigen Mann und eine schwarze Frau», sie blinzelte Zip zu und flüsterte: «Mal testen, ob die wirklich das ganze Angebot parat haben.» Dann sagte sie wieder lauter: «Die Frau bitte als halb afrikanische, halb asiatische Mieze. Normalprogramm hetero, mit ihm Fick von hinten», «und die Mieze französisch», ergänzte Zip.

«Bitte fahren Sie jetzt vor zur Kasse», schepperte die Stimme, «dort bekommen Sie die Nummer Ihrer Nische. Bitte bestätigen Sie Ihre Auswahl mit dem Ringfingerabdruck.»

Es gab einen Rumms, ein Scheppern, und dann, nach einigem Schaukeln, parkte das Shuttle. Der Platz vor dem McMiez war hell erleuchtet. Rundherum wippten die Shuttles im Takt. Miezen in allen Altersklassen und mit allen Haarfarben und Figuren gingen vom Schalterhaus zu den Kunden, verschwanden im Inneren und tauchten nach exakt fünfzehn Minuten wieder auf. Sie trugen alle die gleiche Uniform. Die Frauen steckten in pokurzen Schlauchkleidern, die vorne durch einen großen Klettverschluss zusammengehalten wurden. Wenn man keine Sonderausstattung bestellt hatte, trugen alle die gleiche Hochsteckfrisur und Stiefel mit halbhohen Absätzen. Die Männer kamen in kurzen Overalls, die ebenfalls von einem großen Klettverschluss geschlossen wurden. Das Geräusch der Klettverschlüsse hörte man auf dem ganzen Parkplatz, als würde ständig jemand Zips Namen wispern. Alle Mitarbeiter trugen das blaugelbe McMiez-Logo auf dem Busen.

Das McMiez-Imperium hatte vor mehr als hundert Jahren als kleines Vorstadtbordell mit Cybersex-Angeboten und interaktiven Videospielchen angefangen und war mittlerweile ein weltweiter Konzern, der überall seine Filialen hatte und dessen Logo man von sämtli-

chen Shuttlerampen aus leuchten sah. Auf der ganzen
Welt waren die Miezen gleich ausgestattet, kosteten das
Gleiche, rochen nach dem gleichen Parfum und taten
das Gleiche. Die Kunden wussten genau, was sie fürs
Geld bekamen, und die praktischen Ficks wurden ein
Renner.

Die Tür des Shuttles ging auf, der bestellte Miezer
stand draußen, Yoko sah ihn nicht näher an, sie hatte
schon oft Miezer gehabt, und ob in Berlin, Shanghai
oder Amsterdam, sie sahen alle gleich aus. Sie hatte den
Slip bereits ausgezogen und kniete sich aufs Polster, um
dem Miezer ihre nasse Muschi hinzustrecken. Sie hörte das Geräusch einer aufreißenden Kondompackung
und fühlte dann, wie sein Schwanz schmatzend in sie
eindrang. Sie stöhnte. Auch Zips Tür ging nun auf. Zip
und Yoko nickten sich zu, die Mieze war perfekt. Er
schwärmte für diese Mischung, die er einmal zufällig in
einem McMiez in Brüssel gefunden hatte und seitdem
überall bestellte. Seine Mieze streckte ihm den Busen
hin, mit einem Handgriff fiel ihr Kleid auf die Erde, sie
kniete sich darauf, stülpte ein Kondom über seinen
Schwanz und fing an, zu saugen und zu lutschen. Zip
und Yoko stöhnten. Yoko dreht den Kopf zu ihrem
Miezer und flüsterte heiser: «Bohren Sie mir bitte einen
Finger in den Arsch, und sagen Sie was Versautes», in
einem Tonfall, als würde sie Extra-Ketchup zum Essen
ordern. Der Miezer lächelte, nickte und hielt ihr sein
Handgelenk mit dem Armband hin, Yoko bestätigte
mit einem Fingerabdruck und fiepte wie ein Welpe, als

der Miezer seinen Daumen in ihren Hintern schob und sie im wechselnden Rhythmus in beide Löcher fickte. Was er sagen würde, wusste sie, das gehörte zum Standardprogramm, nämlich: «Ja, lass dich ficken. Ich fick dich. Komm her. Ich fick dich. Du bist so geil, komm, lass dich bumsen, ja, ich fick dich.» Der Miezer wiederholte diese Sätze noch zweimal. Mehr als das wäre wieder teurer geworden. Vom Nationalpark, der direkt hinter einem kleinen Hügel begann, hörte man unwirkliche Schreie, Vögel vielleicht oder Affen, vielleicht aber auch nur ein Tonband. Sie sah zu Zip hinüber, der sich auf dem Sitz räkelte, während die Mieze seine Hoden mit den Händen bearbeitete und wie eine Schlange über das Fädchen an der Spitze züngelte.

Da blinkte ihr Armband plötzlich gelb und piepte. Zip stöhnte, «da müsste ich ja eigentlich was zurückbekommen bei der Störung», schnaubte er, die Mieze zuckte bedauernd die Schulter, «sorry, das ist nun mal so. Der Operator schaltet sich nach Zufallsprinzip kurz dazu, um zu sehen, ob's den Kunden und uns gut geht. Eine Sicherheitsmaßnahme. Vor allem bei McMiez zum Mitnehmen.» Zip nickte und drückte ihren Kopf wieder in seinen Schoß. Yoko sah ihm an, dass er jetzt Schwierigkeiten hatte, sich wieder auf seinen Schwanz, der in der vorgestülpten Schnute der McMiez verschwunden war, zu konzentrieren. Sie selbst störte der Operator nie. Im Gegenteil. Manchmal, wenn sie merkte, dass die fünfzehn Normminuten des Standardprogramms nicht reichen würden, um sie zu befriedigen, oder wenn sie so fransig war, dass sie dem Miezer ihren Orgasmus verschwieg, um sich heimlich noch einen Nachschlag zu holen, stellte sie sich vor, wie der Operator sich dazuschaltete und sie beim Vögeln beobachtete. Dass er sah, wie sie da auf dem Autositz kniete, gegen die Wand lehnte oder auf einem Motelbett lag und ein schwarzer Miezer ihr die Muschi leckte, sie durchfickte oder es ihr eine ältere, McMamma-Mieze mit einem Turbodildo besorgte. Die Vorstellung machte sie so an, dass sie das Gefühl hatte, ganze Ströme flössen aus ihr heraus, und der Schwanz des Miezers, der in sie hineinfuhr wie ein Kolben bei früheren Motoren, gleite durch sie hindurch. Als sie kam, schrie sie einen hohen Ton lange und anhaltend, der ausklang wie ein Miauen.

Auch Zips Viertelstunde war um. Die kniende Mieze hielt ihm ihr Armband entgegen, damit Zip wusste, dass sie in anderthalb Minuten aufhören würde zu lutschen, wenn er keine Zusatznummer buchte. Zip kniff die Augen zusammen, ein Speichelfaden lief ihm übers Kinn, dann zog er ganz plötzlich scharf die Luft ein, japste, wie wenn die Masken an der Sauerstoffbar nicht genug Druck hatten, und sackte in sich zusammen. Die beiden von McMiez waren in Sekundenschnelle wieder angezogen, verabschiedeten sich mit einem freundlichen Lächeln: «Wir hoffen, McMiez hat sie befriedigt, und sie ficken bald wieder mit uns.» Dann liefen sie zum Schalterhaus zurück, wo sie sich in Schallduschen desinfizieren und ihre Kleider einschmelzen würden, um dann frische Uniformen aus den Vakuumpacks zu nehmen und in wenigen Minuten die nächsten Kunden zu lecken und durchzuvögeln. McMiez war eine wirklich saubere, zivilisierte Sache.

Yoko verrenkte sich, um ihren Overall wieder anzuziehen. Auch Zip brachte seine Hose in Ordnung. Keiner von beiden sagte etwas. Von den anderen Shuttles drang das typische Geräusch der aufgerissenen Klettverschlüsse, das Schmatzen und Stöhnen, Jaulen, Jammern und Kichern zu ihnen. Yoko strich sich die Haare nach hinten. «Wie war's bei dir?», fragte Zip. «Satt», sagte Yoko. Zip nickte. «Ja, ausgefickt ist man hier immer, da kann man sich drauf verlassen. Die linken einen auch nicht, die machen immer exakt fünfzehn Minuten. Die haben das gut hingekriegt, man merkt wirklich keine Unterschiede, die lutschte genauso wie die Letzte.» Er räkelte sich. «Noch ein Nachschlag?», fragte er schließlich. Yoko schüttelte den Kopf. «Kein Appetit mehr», sagte sie. Das gelbblaue Logo drehte sich über ihren Köpfen. «Du siehst in dem Licht aus wie ein seekranker Fickandroide mit Spermaallergie», kicherte Yoko. Zip startete das Shuttle, schaltete den Autopiloten ein und nahm sich ein Kabel aus der Seitentasche. «Ich bin müde. Nach dem Ficken bin ich immer müde», brummelte er. Yoko verschränkte die Arme vor der Brust. «Weißt du, woran ich manchmal denke? Darfst aber nicht lachen.» Zip sah sie an. «Manchmal stelle ich mir vor, wie wir beide es miteinander tun. Meine Großeltern haben das noch gemacht. Und dass wir irgendwie noch andere Sachen miteinander machen, dass du mir zum Beispiel die Kniekehle leckst oder mir den Hals küsst, dass du mir durch die Haare kraulst oder dass wir anschließend noch lange beieinander liegen bleiben und schwitzen.» Zip prustete los, er lachte schallend, er wieherte geradezu. Dann stöpselte er seinen Narcotic-Stecker an die Tiefschlafvorrichtung, drehte den Kopf zur Seite und feixte: «Ficken? Wir miteinander? Mit Schweiß und so? Wie bei den Dinosauriern. Manchmal frag ich mich, wen ich da geheiratet habe. Du hast echt perverse Ideen, aber ehrlich.» Dann schnarchte er auch schon. Yoko fingerte nach ihrem Kabel und wählte einen Naturtraum im Rem-Speicher.

Es gab einen Rumms, ein Scheppern, und dann, nach einigem Schaukeln, glitt das Shuttle aus der Parklücke. Doch davon merkte die schlafende Yoko schon nichts mehr.

La Gouvernante

Manchmal bin ich fünfzehn, und ich habe einen Freund, den ich meinen ‹Boyfriend› nenne, es passiert dann nach dem Konzert von U2 oder Michael Jackson. Oder ich bin siebzehn und ohne meine Eltern in Urlaub, auf Mallorca oder Ibiza. Ein braun gebrannter Fischersohn nimmt mich nachts mit an den Strand, gibt mir zu viel zu trinken und murmelt «amore» in mein Ohr, bis ich eine Gänsehaut bekomme. Ab und zu will ich von Männern auch gar nichts wissen, dann sind das nur ‹Typen›, die immer nur das eine wollen, während ich wiederum nur das eine von meiner Freundin Susi oder Charlotte will. Der einen seife ich beim gemeinsamen Duschen vor einer Diskonacht die Brüste ein und gleite mit einer Hand zwischen ihre Beine. Mit der anderen teile ich mir nach einer Party einen Schlafsack, in dem ich mich ganz zufällig im Schlaf an ihr reibe, bis sie sich umdreht und wir uns gegeneinander pressen. Ich heiße Babsi oder Manuela, neuerdings auch oft Lara oder Sarah. Ich weiß alles über Sex. Ich bin Jungfrau. Jede Woche bin ich Jungfrau. Damit verdiene ich mein Geld: Ich schreibe erste Male für große deutsche Jugendzeitschriften, diese «So war's bei mir»- oder «Junge Liebe»-Rubrik.

Meine liebste Freundin weiß das und respektiert es als halb therapeutische, halb kreative Arbeit, auch wenn sie immer noch leicht irritiert ist, wenn sie mich mitten in der Arbeit anruft und ich dann das Gespräch abwürgen muss und zum Beispiel sage: «Tut mir Leid, Maus, aber ich bin gerade dabei, mich selbst zu entjungfern, weil ich einfach zu schüchtern bin, um einen Boy kennen zu lernen, und nächste Woche doch schon siebzehn werde. Ich habe eine Schlangengurke so zurechtgeschnitten, wie ich mir einen Penis vorstelle, und jetzt liegt sie in heißem Wasser, damit sie nachher Körpertemperatur hat, wenn es zur Sache geht, ich hätte es ja mit Möhren versucht, die sind handlicher, und ich hätte sie anschließend auch im Stall an die Pferde verfüttern können, aber Möhren erwärmen sich so schlecht, und ein Penis ist doch ein Schwellkörper, oder? Oder ist das doch ein Knorpel? Ein Muskel vielleicht? Aber egal, der muss doch warm sein, oder? Ich werde mich also gleich deflorieren, dafür brauche ich so bis acht, schätze ich, dann kommen die Nachrichten, dann muss ich das Laken vom Futon entsorgen, weil das natürlich über und über voll Blut ist und meine Mama das nicht sehen darf, das wird so bis halb neun dauern, aber dann rufe ich zurück, Maus, ja?» Alles gelogen, alles, was in Zeitschriften steht, ist gelogen. Erfundene Geständnisse stehen unter Fotos von Leuten, die sich nie dazu geäußert haben, und die Namen, die dabeistehen, sind dann auch noch «von der Redaktion geändert».

Ich meine, wenn man sich mal so zurückerinnert, wie

war es denn das erste Mal? Meins fand in einem Luxushotel statt, weil der Auserwählte ein Arzt war, was er zu jeder passenden und unpassenden Gelegenheit ins Gespräch einfließen ließ («ich nehme die Knoblauchsuppe oder vielleicht doch lieber die Minestrone, als Arzt kann ich mir ja keinen schlechten Atem leisten» – komisch, als Liebhaber war er nie so fürsorglich – vielleicht hätte ich unsere gemeinsamen Stunden mit einem kleinen Plastikkärtchen abrechnen oder Trombosestrümpfe tragen sollen?), und dauerte exakt drei Minuten. Anschließend dachte ich die berühmten drei Wörter: War's? Das? Jetzt? 80 Kilo rollten von mir runter, während ich dalag und nicht so recht wusste, ob es jetzt geschafft war oder ob noch was kommen würde. Dann jagte der Herr Doktor ins Bad, um tibetanische Waschungen an sich zu vollziehen. Also, nichts gegen Reinlichkeit. Vor dem Sex ist das eine schöne Sache, aber wenn man es dann tut, sollte einem schon klar sein (vor allem, wenn man Arzt ist), dass der Austausch von Körperflüssigkeiten nicht gerade hygienisch ist, und es ist nicht besonders loverlike, nach dem Begattungsakt noch eine Totaldesinfizierung dranzuhängen, während ich in Embryonalstellung liege und mir vorkomme wie eine angestochene Pestbeule. Selbst die Doktorspiele meiner Kindheit, bei denen man sich kichernd ein Plastikthermometer in den Po schob, waren aufregender. Während der «junge Mann» (bei meinen Eltern hießen alle Freunde von mir und meinen Schwestern einheitlich «der junge Mann», bis sie entweder ein Weihnachtsfest mit uns gefeiert oder über ein Jahr lang aktuell gewesen waren, dann erst hatten sie ein Anrecht auf einen Vornamen) im Bad mit Domestos gurgelte oder was er sonst für nötig hielt, zog ich mich an und verließ das Hotel und beschloss, dieses erste Mal zu vergessen. Ein besseres würde schon kommen. Und so war es dann auch.

Wenn das die Teenies wüssten, die jede Woche sabbernd die Köpfe über meiner Kolumne zusammenstecken oder sie sich zum gemeinsamen Zielonanieren vorlesen, wenn die wüssten, was wirklich passiert ist bei meinem richtigen ersten Mal, dann fänden sie mich entweder «cool» oder «total pervers», was zwischen vierzehn und zwanzig nah beieinander liegt.

Ich ging mit Josephus aus, der wesentlich älter war als ich, 27, und den ich in der Tanzschule kennen gelernt hatte. Ich war knapp neunzehn. Das, was wir da taten, konnte man kaum Tanzen nennen, herzzerreißendes Im-Kreis-Gelatsche bei hörbarem Zählen wäre treffender. Aber das interessierte uns auch alles nicht so. Man konnte sich ungestraft und ohne Erklärungen anfassen, meine Brustspitzen unter der dünnen Bluse rieben sich beim Tango an seinem Sakko, und seine Hand rutschte gelegentlich zufällig tiefer, wenn er eine Promenade führen wollte, und nur darum ging es.

Nach der Tanzstunde fuhren wir oft in einen kleinen Club, um uns mit Freunden von ihm zu treffen, und ich kam mir sehr erwachsen vor unter all den älteren Männern und Frauen, die oft Leder oder strenge schwarze

Uniformen trugen, Zigaretten mit Spitze rauchten und über Marquis de Sade oder Fotografien des göttlichen Jan Saudek sprachen. Eine dieser Frauen, die die strengen schwarzen Kostüme in ihrer eigenen Modelinie «La Gouvernante» entwarf, nannten sie Undine, wohl weil sie hüftlange rote Haare hatte, die sie zu einem bizarren Kunstwerk auftürmte. Und diese Undine sah mich mit ihren schläfrigen eyeliner-umrahmten Augen auf eine Weise an, dass ich jedes Mal wegsehen musste, und murmelte ab und zu etwas Orakeliges. Ich fand sie wunderbar. Sie hielt ihr Glas wie die Absinthtrinkerinnen auf den blauen Picassogemälden, und in ihrer Gegenwart schienen sich immer alle etwas langsamer zu bewegen und leiser zu sprechen als sonst. Eigentlich hätte ich lieber mit ihr geschlafen als mit Josephus, aber Undine durfte man nicht einmal zur Begrüßung küssen, obwohl sonst viel geküsst wurde in dieser Runde. Niemand fasste sie an, aber alle hingen an ihren Lippen.

Einmal stakte eine stark geschminkte Frau in einem bodenlangen Paillettenkleid an unseren Tisch, und Undine beugte sich zu ihr und sagte: «Toll siehst du aus. Schöne Lippen.» Und die Frau sagte: «Gerade aufgespritzt. In zwei Wochen machen sie den Rest. Schnapp Schnapp.» Undine lachte und fragte, ob er jetzt anders küsse, seit er beschlossen habe, eine Frau zu sein, und als die im Pailletenkleid sich herunterbeugte und die Lippen spitzte, gab Undine Josephus, der neben mir saß, ein Zeichen, und er streckte sich an mir vorbei und küsste den Transvestiten lange. Ich konnte ihre Zungen sehen und Josephus' Grinsen, das sich langsam in den Kuss schlich. Als sie sich voneinander lösten, sagte Josephus: «Du küsst noch genauso wie vorher, als du ein Mann warst.» – «Das liegt daran, dass ich noch Eier habe», brummte die Frau im Paillettenkleid viel tiefer als vorher, zog sich einen Stuhl heran und drängte sich an mir vorbei, um sich breitbeinig zu Josephus zu setzen. Ihre beringte und perfekt manikürte Hand rutschte in Josephus' Schritt und öffnete seinen Reißverschluss. Zwei Finger schlüpften hinein und blieben einfach dort mit einer Bestimmtheit, wie sich alte Damen an ihrer Handtasche festhalten.

Ich sah an diesem Abend immer wieder von Josephus zu Undine, die ich beide sexy fand, und auf den jungen Transvestiten, der wie eine Mischung aus beiden war. Und ich wusste, dass ich ein zweites erstes Mal haben wollte. Etwas ohne Desinfektionsmittel und Luxushotel. Nicht so steril, nicht mit dem Charme eines ärztlich verordneten Gebärmutterhalsabstrichs, sondern etwas Intensives, etwas ganz anderes, ein Geheimnis. Die Herrin der Geheimnisse war Undine, und als ein Platz frei wurde, rutschte ich neben sie. Irgendwie war mir klar geworden, dass ich nur über sie an Josephus und an das, was sie und Josephus wussten, herankommen könnte. Undine hasste Geschwafel, also kam ich gleich zur Sache. «Undine», sagte ich, «ich bin Jungfrau. Und ich will mit Josephus schlafen.» – «Eigentlich willst du doch mit mir schlafen», sagte sie und sah mir mit diesem verhangenen Blick direkt in die Augen. «Josephus», sagte sie laut über den Tisch hinweg, sodass es alle hören konnten, «deine Freundin möchte mit dir schlafen, aber mit mir eigentlich auch. Und außerdem ist sie Jungfrau.» Josephus lächelte, glitt neben mich und küsste meinen Hals und dann meinen Mund. Ich schloss die Augen, weil ich instinktiv wusste, dass er Undine ansah, während er mit seiner Zunge über meinen Gaumen tastete. Ich stellte mir Undines Mund vor und ob er so kühl und salzig schmecken würde, wie ich es mir vorstellte. Dann streichelte er meine Brust und sagte: «Und die Prinzessin wird es bekommen.» Undine nickte huldvoll zu meiner Krönung. Wie abgesprochen standen er und Undine auf, zogen ihre langen schwarzen Armeemäntel über und nahmen mich in die Mitte. Sie hakten mich beide unter, sodass ich mich fühlte, als würde ich gerade zu einem Verhör abgeführt. Es kam so selbstverständlich, dass ich mich später manchmal gefragt habe, ob sie es nicht schon vorher verabredet hatten.

Josephus' Wohnung bestand aus einem winzigen Zimmer, aber es gab ein großes Bett, das mit blauer Bettwäsche bezogen war, auf der goldene Sterne, Monde und Sonnen aufgedruckt waren. Ein Himmel nur für mich, ein ganzes Universum. Undine zündete sich eine Zigarette an und setzte sich auf einen tiefen großmütterlichen Sessel, der gegenüber dem Bett stand. «Also ein bisschen müssen wir schon von dir sehen», sagte Josephus, «wie soll unsere Prinzessin denn sonst in Stimmung kommen.» Die lange Zigarette in der Hand, fingerte Undine unter ihrem knöchellangen Uniformrock und zog sich den Slip aus, sie schob den Rock hoch, stellte einen Fuß auf eine kleine Kommode und rauchte weiter, ohne eine Miene zu verziehen. «Sie hat einen wunderschönen Pelz», sagte er mit Blick an Undines Strümpfen vorbei auf ihre rot glänzende, kräuselige Spalte, die zwischen ihren Schenkeln lag wie ein schlafendes kleines Tier, «jetzt lass uns deinen sehen.» Er zog mich aus, bis ich ganz nackt vor ihm stand, und kniete sich vor mir auf den Teppich. Seine Hände glitten an meinen Beinen hoch, und seine Daumen tasteten über das Schamhaar, bevor sie vorsichtig meine Möse öffneten. Sein Gesicht kam näher, aber er leckte mich nicht, sondern besah sich nur alles, die rötliche Haut, die nach innen hin dunkler wurde, die Fältchen und die glänzende Feuchtigkeit. Dann fuhr sein Mittelfinger über den Kitzler, tastete sich tiefer hinein und weiter nach hinten zur kleineren Öffnung, die er sanft drückte, ohne einzudringen.

Er stand auf und zog ein paar Handschellen aus seinem Sakko. Ich stellte mir vor, dass er die während all der Wochen, in denen wir zusammen Rumba und Tango tanzten, bei sich gehabt und sich vorgestellt hatte, mich damit zu fesseln. Aber so kam es nicht. Er legte sich aufs Bett, und dann schnappten sie um seine eigenen Handgelenke zu, und Josephus lag ans Bettende gekettet voll bekleidet da. «Verbinde ihm die Augen», sagte Undine, «er darf dich nicht mit den Augen lenken.» Ich nahm meinen Schal ab und gehorchte. Dann wusste ich nicht weiter. Undine rauchte. Die Zigarettenspitze glühte auf und erlosch wieder, und über ihrem Kopf schwebte der weißliche Rauch wie Nebel. Ihre Spalte glitzerte wie ihr tiefrot geschminkter Mund, aus dem die dunkle Stimme kam, die mich so hypnotisierte. «Leg dich zu ihm», sagte sie. Und dann dozierte sie: «Eine Frau sollte niemals die Kontrolle abgeben, schon gar nicht in einer Situation, in der sie nicht weiter weiß. Wenn ihr nicht einfällt, wie sie handeln will, muss sie erst einmal dafür sorgen, dass auch sonst niemand handeln kann. Sie gibt das Tempo vor. Der Mann muss sich fügen.» Sie rauchte wieder. Ich wusste, dass die Tür verschlossen war, ich wusste, dass der Schlüssel zur Tür in ihrer Handtasche war – so viel zum Thema Kontrolle. Da lag Josephus vor mir, gefesselt, blind, und ich konnte tun mit ihm, was ich wollte, zu was ich Lust hatte, so lange es mir Spaß machte.

Und ich fing an, ihn auszuziehen, und betrachtete ihn genau. Seine Haut war weiß, fast durchsichtig und das Haar um seinen aufgerichteten Penis weich und gelockt wie Fell. Ich roch an seiner Haut, leckte über seinen Bauch und seine Schenkel, spreizte seine Beine weit auseinander, bis er völlig offen vor mir lag. Ich tastete alles genau ab, fuhr am Schaft entlang, verrieb den kleinen Tropfen über seiner Eichel, steckte den Finger in den Mund und zog eine feuchte Linie tiefer bis zu der kleinen Öffnung, an der er eben seine Brautschau beendet hatte. Das kam für mich nicht infrage, mein Finger drang tief in ihn hinein, und wenn ich ihn vorsichtig bewegte, konnte ich sehen, wie seine Schwanzspitze zuckte. Ich zog mich zurück, drehte mich um, stieg über ihn und senkte meine Möse langsam auf sein Gesicht. Es war schwierig für mich, die genaue Höhe zu halten, und anstrengend, mich aufzustützen, aber ich wollte jetzt geleckt werden, und da ich wusste, dass Undine es nicht tun würde, wollte ich wenigstens, dass sie sah, wie ich es mir von Josephus holte. Ich beugte meinen Kopf tiefer und atmete auf seinen Schwanz. Manchmal schnellte meine Zungenspitze hervor und leckte kurz über seine Eichel. Aber ich nahm ihn nicht in den Mund. Ich wollte, dass er sich die ganze Nacht winden sollte, dass er mich für all die Zeit entschädigte und auch dafür, dass ich Undine nicht haben konnte. Ich ließ ihn mein nasses Geschlecht saugen und auslecken, rieb meine Brüste, als ich kam, und gab ihm mit einem Klaps zu verstehen, dass er aufhören sollte. Ich fühlte dem Zucken tief in meinem Bauch nach, bis es ganz abgeklungen war, und drehte mich dann wieder herum. Sein Schwanz stand immer noch zuckend in dem weichen Haarnest. Ich hielt die Hand hinter mich und bewegte die Finger, als solle Undine dazukommen, und ich weiß nicht, wie ich es erwarten konnte, aber sie tat, woran ich gedacht hatte, und legte mir wortlos ein Kondom in die ausgestreckte Hand. Ich zog es Josephus über und ließ mich langsam auf ihn sinken. Dabei dachte ich: «Es ist nicht eigentlich ein Hineinstecken, daran muss ich bei der nächsten Entjungferung denken, es ist mehr ein

Hineindrücken. Beim Arzt war es mir vorgekommen wie eine Pfählung, aber die Erinnerung spülte ich schnell aus meinem Kopf. Ich bewegte mich kaum auf ihm, und wenn Josephus versuchte, mir sein Becken entgegenzuwerfen, stieß ich ihn zurück, spannte die Beinmuskeln an oder legte meine Hände fest auf seinen Bauch. Ich nahm seine Hände und legte die Fingerspitzen an meine Spalte. Sein Daumen fand hinein und rieb meinen Kitzler, während ich weiter auf ihm saß und mich nur gelegentlich bewegte. Alles im Raum konzentrierte sich auf diesen Daumen, der kleine Kreise um meine Clit zog und den Druck minimal veränderte. Aber egal, ob ich stöhnte, mich auf ihm schlängelte oder leise schrie, ich vergaß Undine in keinem Moment, wie sie mit hochgeschobenem Rock da saß, sich nicht berührte, nur rauchte und manchmal mit flatternden Lidern die Augen schloss, als gehe eine große Welle durch ihren Körper. Ab und zu räusperte sie sich auch leise, oder ich hörte das leise Geräusch, wenn sie mit einer neuen Zigarette auf die Armlehne des Sessels klopfte.

Es war draußen schon fast hell, als ich von Josephus herunterstieg, mir mit den Händen über die Schenkel und über den Mund wischte, mich streckte und die rötlichen Flecken auf meiner Haut zählte, in denen man ganz leicht noch die Abdrücke seiner Zähne sah. Ich nahm ihm die Augenbinde ab, zog mich an, schob ihm ein Kissen unter den Kopf, damit er seinen Schwanz sehen konnte, setzte mich auf die Bettkante, pellte das Gummi ab und wichste ihn schnell und fest, sodass er bald kam. Ich band ihn los und wies ihn an, mir die Fußknöchel zu küssen, wofür er aus dem Bett auf den Boden kriechen und sich dort zusammenkauern musste, sodass ich die Kratzer meiner Fingernägel auf seinem Po glänzen sah. Dann erst ließ ich ihn aufstehen und mir die Hand küssen. Er wollte meinen Kopf zu sich heranziehen, aber das duldete ich nicht.

Bevor ich ging, beugte ich mich zu Undine, die wie ein Standbild in ihrem Sessel saß, die Beine immer noch weit gespreizt, eine neue Zigarette angesteckt, die Lider halb verhangen, und ich sah auf ihren weißen Hals und küsste sie, ohne ein Zeichen abzuwarten. Und dieser Kuss war das eigentliche Abenteuer. Ich griff in ihr Haar und zog ihren Kopf in den Nacken, bis sich ihr Mund wie von selbst öffnete. Sie küsste wie eine Brandung, überschäumend und stürmisch, nichts von ihrer sonstigen Zurückhaltung und Kälte war in diesem Kuss. Ihre Lippen und ihre Zunge verschluckten mich fast, sodass ich glaubte, keine Luft mehr zu bekommen, und mich fast wehren wollte, bis ich nachgab und mich küssen ließ. Und als ihre Lippen wieder weicher wurden und mich an die Oberfläche zurückspülten, schmeckte ich Salz und Blut und wagte es zum ersten Mal, sie direkt anzusehen.

Dann gab sie mir den Schlüssel, und ich verließ beide und traf sie nicht wieder.

Ich war neunzehn beim ersten Mal. Heute bin ich fünfzehn, siebzehn oder zwanzig. Ich bin Jungfrau. Immer und immer wieder.

Der Deal mit B.

«B.» steht da. Mehr gibt das Klingelschild von ihrem Vornamen nicht preis. Sie heißt Birgit, aber als sie die Tür öffnet und den jungen Mann anlächelt, der im Treppenhaus von einem Fuß auf den anderen tritt, haucht sie: «Hallo Süßer, mein Name ist Babette.» Und bevor die Nachbarn ihn sehen können, zieht sie ihn an der Krawatte in die Wohnung. Der Mann taxiert sie von oben bis unten und wartet ab. Offenbar weiß er nicht so genau, wie es weitergehen soll. «Haben wir telefoniert?», gurrt sie, und er nickt, sagt: «Mach dich mal ein bisschen frei», und guckt dabei, als wäre sie ein Filet beim Metzger. B. trägt einen kurzen roten Kimono mit einem schwarzen Rüschenkorsett und einem kaum sichtbaren Slip darunter. Um den Hals und an den Ohren funkelt Strassschmuck. Ihre Lippenkontur ist schwarz nachgezogen, und die Schwüle ihres Parfums liegt im ganzen Raum. B. kichert nervös. Aber dann lässt sie den Kimono fallen und geht einige Schritte vor dem Mann auf und ab. Er nickt. «Gut», sagt er, «ich heiße Tarek. Erst das Finanzielle.» – «Dreihundert», sagt B., und beide nicken sich zu. Sie zeigt ihm das Bad und sieht ihm zu, als er die Krawatte löst, sein Hemd aufknöpft und sich im Spiegel betrachtet. «Du bist ein sehr attraktiver Mann, Tarek», sagt B. und lutscht an ihrem Zeigefinger, «ich freu mich, dass du hier bist.» Tarek mustert sie wieder. Das totale Klischee, denkt er, aber drum sind es ja Klischees, weil sie eben doch wahr sind, und die hier sieht aus wie eine Hure aus dem Lehrbuch. Seine Stimme zittert noch etwas, als er sagt: «Ich hoffe, du bist gut», dann härter: «Ich bin anspruchsvoll.» Dabei geht er auf sie zu und umfasst sie so, dass er mit einer Hand ihren Po greifen kann. «Alles, was du möchtest», haucht B., und dann nach einem kurzen Moment: «Ich fick dich, bis du abspritzt, Süßer.» Tscha, denkt Tarek, so lange tut man es gewöhnlich. Sie küsst ihn auf die Wange, auf den Hals, auf den Mund küsst sie ihn nicht. Wie eine große Katze schleicht sie ins Schlafzimmer und öffnet einen Piccolo Sekt. Das Bett ist mit schwarzem Satin bezogen. Rote Vorhänge lassen noch etwas Tageslicht durch. Er muss daran denken, wie sich das Wasser langsam rot färbt, wenn er zum Frühstück die Beutel mit Erdbeertee in die Kanne hängt. Das rötliche Licht wabert durch den Raum, und an den süßlichen Duft kann er sich kaum gewöhnen, bis er sieht, woher er kommt: von den Räucherstäbchen in einem Regal. Er würde gerne hingehen und sehen, was sie liest, vielleicht wilde Romane über roten Regen und neurotische Indianer oder Reiseberichte von Helgoland, aber dafür ist er nicht hier. Er sieht sich weiter um. Von der Decke baumelt ein Mobile aus Liebeskugeln, auf dem Nachttisch steht eine große Schale mit Kondomen. All das kann nicht verbergen, dass es sich um eine ganz normale Wohnung handelt, die mittags wahrscheinlich nach Nudelauflauf riecht und in der einmal pro Woche eine schwatzhafte ältere Frau den Teppich saugt. In ein paar Minuten könnte man die Dekoration im Schrank verstecken, und dann wäre es auch kein Problem, wenn die Schwiegermutter plötzlich zu Besuch käme. Nichts würde sie merken. Tarek weiß nicht, ob B. überhaupt eine Schwiegermutter hat. Auch warum sie das hier tut, weiß er nicht. Geld ist die Entschuldigung für vieles, aber meistens steckt doch mehr dahinter, das weiß er aus Erfahrung. Er versucht es mit der Machonummer: «Mach dich nackt, leg dich hin», und sie gehorcht sofort, anscheinend ist das richtig so. Er sieht ihr zu, wie sie ihr Korsett aufknöpft und den Slip abstreift, während er sich selbst auszieht. Auf dem Fensterbrett stehen Töpfe mit üppigen Pflanzen. Im Bad eben hat er eine Katzenkiste gesehen. «Daran erkennt man eine gute Frau», hat seine Mutter ihm einmal gesagt, «wer Tiere füttert und Pflanzen gießt, ist auch gut zu seinem Mann.» Er muss grinsen, reißt sich aber zusammen. Er will jetzt bestimmt nicht an seine Mutter denken. Wenn die ihn so sehen könnte. Er weiß nicht, was er sagen soll, und fragt: «Hast du eine Katze?» Da fällt das Lächeln von B.s Gesicht, die verschleierten Augenlider heben sich, ihr Gesicht ist einen Moment irritiert, dann ärgerlich. «Das geht dich nichts an», sagt sie, «du bist doch nicht hier, um Konversation zu machen.» Stimmt, das ist er nicht. «Befiel mir, was ich für dich tun soll», haucht sie wieder mit dieser singenden, viel zu tiefen Stimme, die verrucht klingen soll, obwohl sie wahrscheinlich eine ganz helle freundliche hat, wenn sie normal spricht. Wahrscheinlich ist sie so eine, die beim Einkaufen bitte und danke sagt und guten Tag, wenn sie einen Bus betritt, denkt er. Er versucht sich zu konzentrieren. «Du bist eine Hure», sagt er laut, das erscheint ihm angebracht. «Ganz recht, Süßer», haucht sie und dreht sich auf den Bauch, um ihn all ihre Kurven sehen zu lassen. «Dann zeig mir doch erst mal, dass du deinen Mund nicht nur zum Quatschen hast», ranzt er sie an und stellt sich neben das Bett, ein Bein angewinkelt auf der Matratze. «Und mach die Beine breit beim Blasen, damit ich in deine Fotze sehen kann.» Das Wort Fotze hat ihn Überwindung gekostet. Muss ich immer so unfreundlich sein?, denkt er. Das ist das Letzte, was er in ganzen Sätzen denkt, denn B. hat die Beine weit gespreizt und beginnt ihre Arbeit. Sie knetet seine Hinterbacke mit einer Hand und saugt so hingebungsvoll an seinem Schwanz, dass er eine Weile völlig vergisst, wo er ist und was gerade geschieht. Tarek beugt sich vor, vorsichtig, sodass er sie nicht unterbricht, und versucht, ihre Schamlippen zu berühren. Sie hebt das Becken etwas an, und jetzt kann er bequem hinlangen. Seine Finger gleiten in sie hinein, sie ist ganz nass. Das ist gut, da muss er sich nachher nicht so abmühen. Er merkt, dass es zu schnell geht, das ganze Programm wartet doch noch, und so murmelt er, was ihm gerade durch den Kopf schießt, «ja, gelernt ist gelernt, was, Babette, jaja, au, ja, Babe, bist 'ne gute Hure, gar nicht schlecht.» Dann schiebt er ihren Kopf weg, legt sich zu ihr aufs Bett und streichelt ihre Brüste. Voll und schwer sind sie. Er überlegt, ob sie Kinder hat. Das ist ein ganz schlechter Gedanke, der zwischen seine Schenkel fließt wie kaltes Wasser, und er presst sein Gesicht in ihren Busen, um sich abzulenken. B. stöhnt laut und feuert ihn an. «Ja, du machst mich wahnsinnig, das ist toll.» Das klingt auswendig gelernt. Gedichte hat Tarek immer gern auswendig gelernt, nicht nur in der Schule, auch später in der Uni. *Ich bin so wild nach deinem Erdbeermund, ich schrie mir schon die Lungen wund nach deinem weißen Leib, du Weib.* In letzter Zeit kommt er nicht mehr dazu, da verbringt er seine Zeit eher anders. Gott sei Dank weiß das niemand. Sein Albtraum ist immer, er geht zu so einer Frau, weil es wieder mal nötig ist, und es öffnet ihm eine, die er kennt. Tarek stöhnt bei dem Gedanken, und B. nutzt die Gelegenheit, dreht ihn auf den Rücken und setzt sich auf seine Brust. Ihre Finger mit den viel zu langen, wahrscheinlich falschen und knallrot lackierten Nägeln kratzen über seine Haut. «Ich tu alles, was du willst, ist im Preis mit drin.» B.s Mund ist ganz nah an seinem Ohr, ihr Atem ist heiß in seiner Ohrmuschel, er bekommt davon eine Gänsehaut. Tarek reißt sich jetzt zusammen, was für ein lahmer Freier ist er denn. «Mal sehn, ob du dein Geld wert bist», sagt er, umschlingt B. und lässt sein Becken an ihrer Hüfte kreisen. «Mach deinen Job, du Muschi», setzt er noch einen drauf, «lass mich jetzt … eine Nummer mit dir schieben.» Er jault innerlich auf. Eine Nummer schieben, das hätte sein greiser Onkel Adalbert, der mit dem Schrebergarten, auch sagen können. Zu seiner ewig kittelbeschürzten Frau, komm her, Mutti, lass mich eine Nummer … Aber sobald Tarek bei so einer Frau ist, schrumpft sein Gehirn auf Pflaumengröße zusammen. Warum denkt er jetzt an Pflaumen. Weil B. ihm gerade ihre zeigt wahrscheinlich. Die Seiten sind rasiert, nur in der Mitte gibt es einen Streifen Haarbüschel. Sie liegt vor ihm, in der Hand eines der Kondome, das er mit den Zähnen aufreißt und sich routiniert überzieht, zumindest das klappt. Dann rollt er sich über sie und tut, wozu er hier ist. Und dabei flüstert er ihr ihre Berufsbezeichnung ins Ohr, alle Wörter, die er kennt, viele sind das nicht. Während er stößt und kreist, spielt er mit dem Daumen in ihrer Pflaume, fingerfertig ist er auch, wenn er nervös ist, war er immer. B. windet sich unter ihm, einen Moment lang flattern ihre Augenlider, und als er kurz innehält, spürt er sie zucken, aber sie sagt nichts, sie stöhnt nicht lauter. Er macht einfach weiter und rollt sich schließlich schnaufend neben sie. Er angelt nach seiner Hose und bietet ihr eine Zigarette an. Sie rauchen beide. «Du warst gut, echt wahr», sagt er. Sie lächelt ihn an, plötzlich ganz schüchtern. «Ehrlich?» – «Ich muss jetzt weg», sagt er. «Ja natürlich», B. steht auf, nimmt ihre Geldbörse aus dem Nachttisch und zählt ihm dreihundert Mark auf die Hand. «Ich werde dich weiterempfehlen», sagt sie, «du machst das gut mit dem

Freier, du bist dein Geld wert.» Er bedankt sich und zieht sich an. Als er die Wohnungstür öffnet, lächelt er sie noch einmal an, Kundinnen sind anschließend sehr empfindlich, das weiß er, «hat wirklich Spaß gemacht», sagt er und geht.

Ka Sünd auf der Alm

Lieber hätte Schorsch an einem Sessellift gearbeitet, vielleicht als Einweiser, wo man die Mädels packen und in die Sitze pressen und beim Herunterziehen des Sicherheitsbügels vielleicht auf die Busen sehen konnte, auf kleine spitze und große runde Berge, weiß oder gebräunt in den Blusen. Vielleicht würden die Schuhe der Mädchen ihn streifen, wenn der Lift anfuhr und sich über die grünen Wiesen und die Kühe mit den nervigen großen Glocken erhob, die die Kinder «klöngklöngs» nannten. Vielleicht berührte ihn ein Schuh sogar einmal im Schritt, man müsste sich nur richtig hinstellen, und Schorsch war clever, er würde das schnell raushaben, wie man stehen musste, um möglichst viel von den Sehenswürdigkeiten der Touristinnen mitzukriegen. Schorsch japste und kraulte seinen Ziegenbart. Oder an einem Skilift, das musste doch auch lustig sein. Er wusste von italienischen Touristinnen, dass diese Lifts bei ihnen «lift porno» hießen, weil man die Stange, die einen den Berg hinaufzog, zwischen die Beine nehmen musste, auch eine schöne Vorstellung. In Gedanken sah er juchzende Touristinnen auf riesigen Schwänzen die Berge hinaufreiten. Seine Hand lag lässig auf der kniekurzen Lederhose, während er daran dachte, wie er da

stehen würde, neben dem anhebenden Sessellift, Busen-
betrachtung und Fußspitzenberührung hinter sich, um
dann das Schönste zu genießen: die Aussicht auf weiße
oder geblümte Slips unter den Röcken der Mädchen,
die er sehen würde, wenn der Lift sich über ihn erhob.
Vielleicht wäre einmal eine darunter, die gar keinen trü-
ge, im Fernsehen sah er das neuerdings oft, «Partyluder
tragen keine Slips», verkündeten blonde Moderatorinnen mit Gesichtern wie aus Pappmaché. Schorsch
seufzte. Ein frei schwebender kleiner Muschipelz, auf
das durchsichtige Plastik der Sitze gepresst, etwas geöffnet durch den Druck vielleicht, und er könnte unten
stehen und direkt hineinsehen ins Paradies und abends
daran denken, sich an jedes einzelne seimige Härchen
erinnern, während er unter der kratzigen Bettdecke
nach seinem Schwanz griff und die Eichel rieb und sich
dabei vorstellte, es wäre die kleine weiche Hand eines
nackten Mädchens mit riesigen Brüsten. Das wäre ein
Leben. Schorsch lehnte sich auf seinem alten Bürostuhl
zurück und schlug eine Seite seines alten Mad-Comics
um, die er von einem überaus leisen Hamburger Urlau-
ber gekauft hatte, dessen Freundin ihn während der Ver-
handlungen immer wieder mit einem merkwürdigen,
ausländisch klingenden Kosewort angesprochen hatte,
das Schorsch nicht verstehen konnte und deshalb für
etwas Obszönes hielt. Er war froh, dass er das Paket
Comics gekauft hatte, und legte die Füße auf die kleine
Ablage vor der Glasscheibe, durch die er den Touristen
Tickets für die Kabinenbahn seines Vaters verkaufte.

Kabinenbahnmitarbeiter sein war doof. Keine Brüste, keine Fußspitzen, keine hinaufschwebenden Muschis. Hätte er wenigstens drüben an den kleinen Gondeln selbst stehen dürfen, in die sein Vetter zwei oder vier Touristen hineinpferchte wie Ölsardinen in eine Dose, wäre es noch erträglich gewesen, aber hier am Ticket-schalter zu sitzen war die Dussel-Karte, das wusste Schorsch. Die Idee mit den Ölsardinen gefiel ihm, und er stellte sich vor, wie vier saftige, pralle Touristinnen, nicht die Gräten, sondern die, bei denen die Oberarme aus den Blusen quollen, in so eine Gondel gesetzt wür-den. Arm an Arm, Schenkel an Schenkel säßen sie da, die Sonne brannte durch das Plastik des Gondeldaches und heizte die kleine Kabine auf, bis die Mädels anfin-gen zu schwitzen, ganz klebrig kämen sie oben an mit erhitzten Gesichtern, überzogen von einem dünnen Film, der noch lange in den Achselhöhlen und zwischen den Beinen bleiben würde, da, wo die Härchen anfin-gen, Tropfen würden hängen in diesen Härchen, Schorsch leckte sich genüsslich mit der Zungenspitze über den Mund. «Bist du bereit, bitte?», sagte eine wei-che Stimme und kicherte, Schorsch fiel fast von seinem Bürostuhl, so sehr hatte er sich erschrocken, als er die beiden Mädchen sah, die vor seinem Holzhäuschen standen. Die eine trug einen Cowboyhut, ein Nichts von einem Top und pokurze Jeans und die andere, die ein Wörterbuch in der Hand hatte, ein ganz kurzes Hän-gerchen. Sie sah darin aus wie eine übergroße Schlaf-puppe, und ihre Augenlider mit den langen Wimpern klappten auch ähnlich auf und zu. «Bist du bereit?», sagte sie wieder. «Bist du frei?» – «Ihr wollt Tickets kaufen?», kombinierte Schorsch mit all seiner mit Almmilch großgezogenen Intelligenz. «Zwei Karten zum Fahren bitte», sagte die in dem Kleid und steckte sich die langen Haare mit einer Spange am Hinterkopf fest. Die mit dem Hut kicherte. Sie waren höchstens sechzehn, bei Mädels weiß man das ja nie. Wenn Schorsch frei hatte und Viva sah, glaubte er immer, die Moderatorinnen würden direkt im Mikeymouseclub eingekauft, und dann erfuhr er aus den Illustrierten, die er am Ticketschalter las, dass sie fast dreißig waren, also praktisch jenseits von Sex und Leidenschaft. Und andererseits baggerte er manchmal in der Dorfdiskothek Teenies an, die er locker auf achtzehn geschätzt hätte, wie sie da geschminkt auf turmhohen Absätzen an der Bar standen und in der Happy Hour Cola Bacardi tranken, und dann gab es Ärger mit herannahenden Daddys, die ihr vierzehnjähriges Früchtchen vor seinen Hormonen beschützen wollten. Dabei stand Schorsch gar nicht so sehr auf die Mädi-Variante, und als er neulich in einer seiner Illustrierten gelesen hatte, dass es an japanischen Bahnhöfen Automaten gibt, aus denen man die getragenen Slips von Schulmädchen ziehen kann, war er sicher, dass es bei solchen Männern «schnackeln» musste. Aber diese beiden waren genau im richtigen Alter. Alt genug, um alles mitzumachen, und jung genug, um ihn nicht mit vielen und viel besseren anderen Männern zu vergleichen. Sehr knackig auch. Sie quiekten beim Sprechen wie Quietscheentchen. Er grinste sein Schorsch-grinsen und sagte: «Mei, da müsst's aber auch 'nen Dudler trinken da herauf.» Er dachte an seine Mittagspause und dass er die ja wie zufällig oben verbringen könnte. «Duhderln?», quietschte die mit dem Cowboyhut. Er kam nicht darauf, wo die beiden herkamen, Schweden vielleicht, vielleicht aber auch Spanien, in so was war er ganz schlecht. «Dudler», wiederholte er, «is woas zum Drinken. Dudler, wie, wie», er überlegte, «wie Dutteln», er zeigte auf den erstaunlichen Busen des Mädchens im Kleid, das Gespräch gefiel ihm jetzt noch besser, «Dutteln, Holz vor der Hüttn, weißt? Dutteln.» Die beiden Mädchen kicherten und schüttelten die Köpfe. Sie verstanden ihn nicht.

Aber sein Charme hatte wohl doch gewirkt, denn bereits eine Viertelstunde später waren die beiden wieder da und kauften noch zwei Tickets. «Die Süßen», dachte Schorsch und sah erfreut auf die wackelnden Hintern, als sie sich von ihm entfernten. Nach einer weiteren Viertelstunde standen sie wieder vor ihm, und das Ganze begann von vorne. Offenbar wussten sie nicht, wie sie mit ihm ins Gespräch kommen sollten, und kauften deswegen immer wieder Tickets. Sie wurden auch jedes Mal aufgeregter, die Gesichter gerötet, einzelne Haarsträhnen klebten auf den Stirnen, Schorsch war begeistert, beschloss, Pause zu machen und die beiden Mädels am Lift abzuholen. Es war ohnehin nicht viel zu tun, außer den beiden Mäuschen war niemand mehr gekommen, um auf die Alm hochzufahren, den gewun-

denen Weg ins Tal hinunterzuwandern oder den Streichelzoo zu besichtigen. Das Wort Streichelzoo gefiel
ihm. Er stellte sich viele nackte hübsche Mädchen vor,
die ihre Pelze in die Sonne hielten und die kleine Schil-
der an Kettchen um die Taille trugen. «Muschi: bitte
streicheln», stand darauf oder «Vötzchen vulgaris». Er
grinste. Aber leider gab es oben auf der Alm nur Ziegen
und das eine oder andere Murmeltier. Es gab zwar das
Gerücht vom Jodler-Hannes, der einmal nachts hinter
einer Ziege pumpend erwischt worden sein sollte, aber
ob da was dran war, wusste der Schorsch auch nicht.
Er stellte sich neben die abfahrenden Gondeln. Sein
Vetter saß breitbeinig auf einem Klappstuhl und las in
einer Fernsehzeitschrift. Schorsch brummte, der Vetter
brummte, mehr hatten sie sich nicht zu sagen. Dann
grunzte Schorsch doch noch einmal und zeigte auf das
Fernglas, das neben dem Vetter auf dem Boden stand,
der Vetter grunzte auch, und Schorsch hob es auf und
sah auf den Berg, ob er die Kabine mit den beiden Süßen schon sehen konnte. «Rührend» gehörte nicht zu
Schorschs Wortschatz, aber genau das war es, rührend,
was die beiden da veranstalteten, dass sie immer wieder
eine Gondel nahmen, um rauf auf den Berg und runter
vom Berg zu fahren, nur um ihn zu sehen. Er sah sich
schon mit beiden in einem großen Hotelbett liegen,
während die mit dem Hut auf ihm ritt und Cowboylie-
der sang und ihren Slip wie ein Lasso um sich warf und
die andere ihre Dutterln über sein Gesicht legte, damit
er an der ganzen Pracht saugen sollte, vielleicht würden

sie ihn auch zusehen lassen, wie sie sich ein bisschen die Muschis abgriffelten, das hätte er auch für sein Leben gerne einmal gesehen. Natürlich würden sie sich dabei nur scharf machen für ihn, und sobald sie richtig heiß waren, würde er sich erst die eine und dann die andere vornehmen und ihnen zeigen, wo dem Öhi der Hammer gewachsen war. Das Leben am Ticketschalter war doch gar nicht so übel. Ab und zu fahren Touristinnen auf einen ab, und das entschädigt einen schon für Tage, in denen das Aufregendste eine Oma ist, die einem ein Kräuterbonbon anbietet. Schorsch suchte die kleinen Gondeln ab, wie sie sich am Hang bewegten. Das Fernglas war gut, und er konnte sogar die kleinen Nummern auf den Kabinen erkennen. Und da hatte er die beiden in der Nummer vierzehn. «Wahrscheinlich ihr Alter», dachte Schorsch und grinste, in seiner Lederhose juckte es wieder gewaltig. Na, die Mäuse würden staunen, wenn sie ihn hier unten fanden. Frei, willig und kenntnisreich. Aber nicht die Mäuse staunten, Schorsch staunte. Denn die Dunkelhaarige, die mit dem Cowboyhut, hatte ihr Top nicht mehr an, und die andere, Schorsch konnte es nicht glauben, saß splitterfasernackend in der kleinen Gondel. Schorsch drehte am Rädchen des Fernglases, glaubte noch halb an einen Notfall, vielleicht Kreislaufkollaps, weil es so heiß in den Gondeln war, aber dann wurde seine Sicht schärfer, und er sah alles. Über den grasenden Kühen trieben es zwei Mädchen in der kleinen schwankenden Gondel. «Ka Sünd auf der Alm», murmelte Schorsch und spuckte aus, «auf der Alm fei net, aber in den Gondeln Dutterln nuckeln, ich glaub's net.» Er konnte sich nicht losreißen. Die beiden Mädchen saßen auf den hinteren Plätzen nebeneinander in Fahrtrichtung, die Nackende hatte einen Fuß auf die gegenüberliegenden Sitze gestellt, und die andere beugte sich über sie, saugte an einer Brust und hatte eine Hand zwischen den Beinen ihrer Freundin. Schorsch konnte genau sehen, wie sie den Kopf zurücklegte und lachte.

Kein Wunder, dass die beiden immer wieder mit dem Lift fahren wollten. «Lift porno», murmelte Schorsch, gab seinem Vetter mit einem Grunzen das Fernglas zurück und ging nach Hause, Viva gucken.

Frau Dr. Knigge spricht

Ellen Rieberhorst hatte noch nie etwas gewonnen. Seit Jahren ergänzte sie Lückentexte über die Cremigkeit von Schokoladenpudding, suchte dicke Kataloge nach Sternen, Engelchen oder Marienkäfern ab und löste Kreuzworträtsel. Nie hatte sie gewonnen. Bis zu dem Tag, als das Telefon klingelte und eine sehr höfliche, völlig akzentfreie und samtige Männerstimme sich als Chefredakteur Jensen vorstellte und ihr sagte, dass «Le Moineau», das Magazin für feine Lebensart und stilvolle Erotik, sich freue, ihr den Hauptpreis zuerkennen zu dürfen: einen Abend mit einer Benimmlehrerin, die schon in Königs- und Grafenhäusern für den rechten Umgang gesorgt habe. Ellen Rieberhorst überlegte, wie das alles sein könnte, denn eine Zeitschrift für Lebensart und Erotik gehörte nicht zu den Heften, die sie im Lesezirkel abonniert hatte. Doch dann erinnerte sie sich an ein Hochglanzmagazin, das sie bei ihrer Frauenärztin in den Händen gehabt hatte. Auf dem Cover war eine Zeichnung gewesen, das wusste sie noch genau, weil es ungewöhnlich war für Zeitschriften, eine goldene Vogelvoliere, auf dessen geöffneter Tür ein Vogel mit langen Schwanzfedern gesessen hatte und von einer schönen Frau auf den Schnabel geküsst wurde.

«Stell dir vor», sagte sie zu ihrem Mann, als der von der Schicht kam, «wir haben in einem Erotikmagazin eine Benimmlehrerin gewonnen, die kommt morgen Abend.» – «Was will die denn? Dass wir höflich ficken?» Ellen Rieberhorst unterbrach ihn mit einer gebieterischen Geste, «ab heute herrschen hier andere Umgangsformen», sagte sie und sprach alles so deutlich aus, wie sie konnte, was sich anhörte, als hätte sie die Backentaschen voller Kirschkerne. «Und das fängt damit an, dass du duschst. Und nimm ein Deo.» Wilfried Rieberhorst brummelte zwar noch etwas, aber seine Frau war schon auf dem Weg ins Schlafzimmer, um ihre Dessous zu sichten, die zu weiten Teilen aus schwarzen verwaschenen Baumwollschlüpfern und ebensolchen Achselhemden bestanden. Sie suchte die am besten erhaltenen aus, bügelte ihren Kimono aus Kunstseide, hängte alles zurecht und dachte dabei, dass die Benimmlehrerin wahrscheinlich das Eingießen von Sekt, das elegante Abrollen von Strümpfen und eine stilvolle Dekoration des ehelichen Schlafzimmers einüben würde. Vielleicht, und Ellen Rieberhorst lächelte, würde sie auch ihren Mann überreden können, ihr einmal ein paar hübsche Komplimente zu machen, damit er nicht immer, wenn er Sex wollte, auf ihren Hintern klopfen und «na Mutti, mach hinne, hier is'n Bolzen für dich» sagen würde.

Als es am nächsten Abend an der Haustür klingelte, war sie aber doch so aufgeregt wie ihr Mann und hätte ihn fast gebeten, nicht zu öffnen. Sie zog den Kimono enger um sich und sah verzweifelt auf die Gummilatschen, in denen ihr Mann zur Tür schlappte. Draußen stand eine etwa vierzigjährige Dame im schwarzen Kostüm, mit einer kleinen Perlenkette um den Hals und schwarzen Handschuhen, die sie auszog, bevor sie einer völlig verschüchterten Ellen Rieberhorst die Hand reichte. Leute, die Handschuhe trugen, kannte sie nur von Fotos der Königsfamilien, und fast hätte sie vor der Dame einen Knicks gemacht. Die sprach sehr deutlich, ohne dass es nach Kirschkernen in den Backentaschen klang, sie gratulierte zum Gewinn und erkundigte sich nach dem Schlafzimmer, da sie nur etwa vier Stunden Zeit hätte. Dort ließ sie ihren Blick über die rosa geblümte Bettdecke und die beigen Tapeten gleiten, strich über das Häkeldeckchen auf einer Sessellehne und stellte ihr Köfferchen schließlich auf dem Nachttisch ab. Sie nahm eine Flasche Champagner heraus, schenkte zwei Kristallgläser voll, die sie ebenfalls hervorgezaubert hatte, entfernte die Tagesdecke, warf ein rotes Tuch über den Lampenschirm und lächelte Herrn und Frau Rieberhorst an. «Nun, Frau Rieberhorst, Herr Rieberhorst», begann sie und verbeugte sich jeweils leicht in die betreffende Richtung. «Wir wollen damit beginnen, uns des gegenseitigen Respekts zu versichern. Herr Rieberhorst, reichen Sie Ihrer Gattin nun bitte ein Glas Champagner, sehen Sie ihr tief in die Augen, und nach einem leisen Anstoßen der Gläser formulieren Sie bitte ein nettes Kompliment, um ihre Gattin in die rechte Stimmung zur Beiwohnung zu bringen.» Herr Rieberhorst stieß mit seiner Frau an und sagte nach einer langen Pause: «Mutti, du hast viel weniger Falten als die Alte vom EDEKA.» Die Benimmlehrerin lächelte nachsichtig. «Vielleicht könnten Sie noch anfügen, dass sie auf Sie ausgesprochen anregend wirkt und Sie gerne mit ihr den ehelichen Verkehr vollziehen würden.» Herr Rieberhorst verdrehte die Augen, brummelte schließlich: «Bist scharf heut, woll'n wir?» und warf seinen Kopf ruckartig in Richtung des Bettes. Ellen Rieberhorst sah unsicher herüber, was sie jetzt tun sollte. «Sie können Ihrem Gatten nun zu verstehen geben, dass Sie weiteren Zärtlichkeiten nicht abgeneigt sind», ermunterte die Dame sie, und Frau Rieberhorst ließ ihren Kimono fallen und langte ihrem Mann an die Boxershorts, woraufhin er behaglich grunzte. Die Dame seufzte. «Nun», sagte sie, «die Präliminarien üben wir später noch einmal, ich darf Sie jetzt bitten, sich eines Großteils Ihrer Kleidung zu entledigen und sich dem Vorspiel zu widmen.» Sie drehte sich um, bis sich beide aus ihrer Wäsche gepellt hatten und nebeneinander im Bett lagen, die Bettdecke bis zum Kinn. Die Benimmlehrerin lächelte und zog die Bettdecke mit einem Ruck weg. Ellen trug nur noch das Hemdchen, ihr Mann hatte außer seinen jagdgrünen Socken alles ausgezogen. «Herr Rieberhorst», zwitscherte sie, «sie können nun nach der Liebkosung des Gesichtes und der Extremitäten ihrer Gattin dazu übergehen, ihre Geschlechtsorgane zu stimulieren.» – «An ihre Extremteile hatse mich noch nie rangelassen», grunzte Herr Rieberhorst, und Frau Rieberhorst kicherte verschämt. «Also Mutti, mach mal breit», keuchte er, die Dame neben seinem Bett, die da stand wie eine Mary Poppins für Erwachsene, fing an, ihm egal zu werden, und auch Frau Rieberhorst entspannte sich zusehends, als ihr Mann ihr den Bauch und die Schenkel tätschelte und sich dabei an ihrer Brustwarze festsaugte. «Ja, die orale Stimulation ist schon sehr schön», kommentierte die Benimmlehrerin das Paar vor ihr und beugte sich tief über das Ehebett, «vielleicht könnten Sie nun in medias res gehen.» – «Dann lass mich mal in die Dings», brummelte Herr Rieberhorst und wollte mit seinen Fingern in den bräunlichen Haarschopf seiner Frau eindringen. «Nein, nein», der Gewinn klatschte energisch in die Hände, und die beiden auf dem Bett fuhren auseinander. Ellen Rieberhorst empörte sich: «Er gibt sich doch Mühe!» – «Das reicht aber nicht, bei Ihnen beiden nicht», zwitscherte die Dame wieder und dozierte: «Der eheliche Geschlechtsverkehr – und der uneheliche natürlich auch – ist gekennzeichnet von beiderseitigem Einfühlungsvermögen und Phantasie, durch das ständige Versichern der eigenen Begehrlichkeit wird er zum schönsten Inbegriff der gegenseitigen Erregung und Hochachtung.» Ellen Rieberhorst und ihr Mann sahen sich verständnislos an, bis die Dame seufzte, «würden Sie bitte, Frau Rieberhorst, nicht einfach nur so daliegen, sondern ihrerseits die Geschlechtsorgane ihres Gatten stimulieren und ihn ihre Anteilnahme durch leises rhythmisches Stöhnen miterleben lassen. Und

Sie, Herr Rieberhorst, sollten ihr Fingerspiel abwechslungsreich gestalten und an verschiedenen Körperstellen Liebkosungen vornehmen. Es bietet sich zum Beispiel an, die Ohrmuschel und die Wange ihrer Frau mit Küssen zu bedenken, bis sie Ihnen ihren Mund darbietet. Und erst, wenn sie mit der Zunge dorthinein vorgedrungen sind, erst dann ist es Zeit für vaginale Stimulationen.» Herr Rieberhorst begann am Ohr seiner Gattin zu saugen und dabei auf ihren Bauch zu trommeln, als sei er ein einhändiger Pianist, während sie alle paar Sekunden «hmmmm» stöhnte und genauso lang wieder einatmete, um dann wieder «hmmmm» zu stöhnen. Die Dame ließ die beiden eine Weile gewähren und legte nur einmal beschwichtigend ihre Hand auf die von Herrn Rieberhorst, dessen Finger mittlerweile doch in die Spalte seiner Frau geschlüpft waren und sich dort etwas, wie ihr scheinen wollte, unangemessen heftig bewegten. «Nicht so echauffiert», flüsterte sie, «behutsam, mit Contenance. Nun wäre es Zeit, Ihre manuelle Deflorierung zu beenden, um zur eigentlichen Penetration überzugehen, während ihre Gattin den Rest ihrer Leibwäsche entfernt.» Ellen Rieberhorst griff schon nach ihrem Hemd, um es sich über den Kopf zu ziehen, als ihr Mann sich zu der Dame herumwarf, sein Kopf war fast so rot wie der zweite kleinere, der vor seinem Bauch zuckte. «Das Einzige, was sich jetzt hier entfernt, sind Sie. Machen Sie sich vom Acker, Gnädigste, während ich meine Alte besteige.» Ellen Rieberhorst kicherte und strich ihrem Mann be-

wundernd über die spärlich behaarte Brust, als die Benimmlehrerin ihr Köfferchen packte und halb beleidigt,
halb schmunzelnd zur Tür eilte. «Dass du noch so leidenschaftlich sein kannst nach all den Jahren», hauchte
Ellen Rieberhorst und schmiegte sich eng an ihren grün
besockten Gatten.

Der Held im Tulpenbeet

«Puppenstube» war das Erste, was mir einfiel, als unser Wagen um die Kurve bog und wir in das Dorf hineinfuhren, ein Schlumpfhausen im Gargamelformat, ein begehbares Märchenbuch. Ich seufzte. Bei zu viel Harmonie werde ich misstrauisch, und die kleinen bunten Fachwerkhäuser, die possierlichen Steinfiguren in den niedlichen Gärten, die hübschen Vorhänge und kopfsteingepflasterten Wege machten mich sofort misstrauisch. Geradezu gruselig: Wolken, die wuscheliger waren als meine Abschminkpads im Beautycase, ein Flüsschen, das sich durch den Ort schlängelte, darauf kleine bunte Boote und über allem ein durchdringender Geruch nach Butterkuchen mit dicker Zuckerkruste. Ich stellte mir vor, wie die Menschen hier den ganzen Tag summend durch die Gassen tänzelten, sich dampfend frisches Brot und handgeschriebene Briefe an die Haustüren brachten, wie die Kinder an den Händen gefasst Abzählreime in den Vorgärten sangen und dralle rotwangige Landfrauen schäumende Milch in Kübeln zum Pfarrer trugen, um sich mit lieblichen Stimmen einen schönen Tag zuzuzwitschern. Und da rief auch schon jemand, wie auf Bestellung: «Rüüüdiger», keifte es über den Marktplatz, eine kratzige Stimme, die klang, als hätte ihre Besitzerin rostige Ako-Pads in der Kehle. Die Frau, die zu der Stimme gehörte, war riesig und trug eine weiße Kittelschürze aus Nylon, die über Busen und Hintern fast platzte. Ich grinste. Rüüüdiger selbst passte zu seiner Mutter, ein Früchtchen, das zusammen mit einigen anderen Halbgaren im Schatten der Kirche stand und klebrige Heftchen tauschte. Die Riesin zog ihre Missgeburt mit sich fort, und wir parkten. Mit Wohlgefallen betrachtete ich die Minimafiosos, die da an der Kirchenmauer lehnten und mich taxierten. Wo die Jugend noch so demonstrativ verkommen kann, gibt es meistens Zivilisation, und das war meiner Meinung nach genau das, was dieses ländliche Disneydorf brauchte. Und ich, ich brauchte einige Tage Ruhe und Frieden und hundertzwanzig Quadratmeter neutralen Boden, auf dem Falk und ich zum ersten Mal proben konnten, wie wir uns als Doppelpack wohl machen würden. Dreamteam oder Rosenkrieg – um das herauszufinden, war Hellas Angebot, ihr Häuschen urlaubstechnisch für ein paar Tage zu hüten, genau das Richtige. Falk ging mit dem Zettel, den Hella uns geschickt hatte und der den großartigen Namen «Stadtplan» eigentlich nicht verdiente, weil neben dem Flüsschen, der Kirche und den zwei Dutzend Straßen nur noch sämtliche Brunnen und Geschäfte eingezeichnet waren, in das nächste Café, um, wie ich vermutete, mit dem Kiefer voran in das nächste Blech Butterkuchen zu fallen und, wie ich wusste, die Bedienung nach dem Weg zu Hellas Häuschen zu fragen. Ich beschloss, mich in der Zwischenzeit ein bisschen zu amüsieren, und stieg aus. Die Halbstarken beäugten mich, wie ich mich neben dem Auto streckte und räkelte. Ich sehe ganz bestimmt nicht nach Kittelschürze aus und nahm mir vor, dem jungen Dorfgemüse etwas zu bieten, öffnete nachlässig die obersten beiden Knöpfe meiner ohnehin knappen Bluse, schob die Sonnenbrille ins Haar und schlenderte auf die Pickelwirte zu. Die waren erwartungsgemäß beeindruckt und überspielten das mit einem merkwürdigen unkontrollierten Herumschlenkern von Armen, Beinen und Hälsen, das wohl cool sein sollte, aber eher so aussah, als seien sie Marionetten der Augsburger Puppenkiste unter LSD. Dabei unterhielten sie sich lautstark über «Bräute». Zwischen ihren hingebellten Sätzen saugten sie so krampfhaft an den völlig durchweichten Zigarettenstummeln, dass ich schon befürchtete, sie würden gleich daran ersticken oder sie wenigstens verschlucken. «Na, Jungs», sagte ich so verführerisch es ging und lächelte sie liebenswürdig an, «wisst ihr denn nicht, dass Rauchen impotent macht?» Sie starrten mir ins Gesicht, der neben mir fing an zu husten. Ich klopfte mitleidig seinen Rücken. «Nein wirklich», säuselte ich, «das Nikotin verengt die Blutgefäße, und wenn dann die Schwellkörper in euren Schniepelchen wachsen und sich füllen wollen, dann geht das nicht mehr, und dann», ich senkte geheimnisvoll die Stimme, «dann sterben euch die Eier ab. Ehrlich wahr.» Eigentlich hatte ich noch erzählen wollen, dass erste Anzeichen für das Verfaulen bei lebendigem

Leib ein Kribbeln zwischen den Beinen und ein unstillbarer Rubbelzwang war, aber da rief mich Falk auch schon, der mittlerweile wieder am Auto stand und erwartungsgemäß einen Zuckerkrümelrand auf der Oberlippe hatte: «Birgit komm, das ist noch ein Stück.» Ich zwinkerte den Schrumpfschniedelchen zu und ging mit schwingendem Hintern zum Auto zurück. «Hast du ihnen erzählt, dass Rauchen impotent macht?», fragte Falk mitleidig, ich grinste: «No brain no pain.» Er seufzte.

Hella wohnte auf einem Hügel ein Stück abseits vom Dorf. Ihr Fachwerkhaus war klein und reetgedeckt und sah aus wie aus Fimo modelliert. Hinter dem Haus erstreckte sich ein Garten, in dem sich Hella, die als Redakteurin für ein Gartenmagazin arbeitete, austobte. Rundherum hatte sie bunte Blumenbeete angelegt, der Rasen sah aus, als käme Bernhard Langer alle paar Tage vorbei, um Golf darauf zu spielen, und unter den perfekt gestutzten Bäumen lauerten dickbäuchige Tigerenten aus Stein, deren Herstellung sie in der letzten Ausgabe gelangweilten Hausfrauen empfohlen hatte. «Wie herrlich», rief ich, war glücklich, wenigstens ein paar Tage hier wohnen zu dürfen, und mindestens ebenso glücklich, es nicht lebenslänglich tun zu müssen. Wir richteten uns ein, packten unsere Koffer aus und machten es uns auf der Terrasse gemütlich. Falk hatte sich seinen beigen Trench als Kissen in den wie immer schmerzenden Rücken geschoben und blätterte in einem dicken Bildband über Klaus Kinski und begeisterte sich wieder mal darüber, wie irre ein Mensch werden konnte. Vielleicht waren es die Tigerenten, vielleicht mein Triumph an der Kirche, der mich unvorsichtig machte und mich einen Moment vergessen ließ, dass jede Idylle irgendwo einen Kratzer hat.

Den sah ich dann, als ich zum Kaffeekochen in die Küche ging. Der Kratzer war schwarz behaart und hatte acht Beine. Und er krabbelte. Genau in meine Richtung. Und ich wusste sofort: «Einer von uns muss sterben, und ich bin es hoffentlich nicht.» Ich rief nach Falk, und meine Stimme, wie ich zugeben muss, klang nicht viel charmanter als der Topfkratzersound der Riesin im Nylonkittel. Falk stürzte in die Küche, ehrlich besorgt, und dachte wohl, ich hätte mir kochendes Wasser übergekippt oder wenigstens in die Stromleitung gefasst. Dass das Unglück dann nur in einem ungelogen handtellergroßen Riesenviech, einer Botin des Satans, einer ekligen, fiesen Spinne, bestand, brachte ihn zum Lachen. Ich bin durchaus nicht hysterisch. Hysterisch sein heißt, nicht mehr angemessen zu reagieren. Ich reagierte sehr angemessen, als ich mich auf einen Küchenstuhl stellte und kreischte, während das schwarze Übel seine acht Greifer nach mir ausstreckte. Bei Schnaken oder Schneidern sage ich gar nichts, die sind strohdumm, und ich bin ihnen evolutionsgeschichtlich überlegen, die klopfe ich platt mit dem Hausschuh, oder ich sauge sie auf, aber bei Spinnen ist das etwas anderes. Die sind schlau. Sie sind mir intellektuell und an Boshaftigkeit überlegen. Sie warten, bis

ich alleine bin, bis ich nichts ahne und mich sicher fühle. Und dann, wenn Rettung nicht in Sicht hin, dann
kommen sie heraus aus ihren Verstecken, in denen sie
mir aufgelauert haben, und quälen mich.

Ein paar Mal habe ich alleine versucht, eine zu erwi-
schen, aber die Gänsehaut an meinem Nacken war so
pockig und kalt und starr, dass ich mich kaum bewegen
konnte, und bis ich dann den Staubsauger hervorge-
kramt hatte und mich mit eingeschalteter Düse wie
eine Jedi-Ritterin mit dem Laser-Schwert den Vie-
chern näherte, waren die längst weg, zurück in ihre un-
terirdischen Löcher und lachten sich da scheckig über
mich. Ja, ich glaube sogar, dass alle diese Missgeburten
der Evolution ein geheimes Netzwerk haben und mich
globusweit verfolgen. Die Existenz von Spinnen ist für
mich der sichere Beweis dafür, dass Gott ein Mann sein
muss. Einer Göttin wäre etwas anderes eingefallen, um
Schädlinge im Garten zu bekämpfen.

Ich stand also auf dem Küchenstuhl und schrie, und
Falk zog lässig den Schuh aus, warf ihn in die Luft, fing
ihn an der Ferse wieder auf, grinste, sagte: «Ruhig, Big-
gimaus, ich rette dich», kniete nieder und – da wollte
ich nicht hinsehen. Ich hörte nur dieses ganz bestimmte Geräusch, dieses «matsch», wenn ein großer Gegen-
stand auf etwas niedersaust, das von acht Beinen abge-
federt wird. Damit könnte ich glatt bei «Wetten dass»
auftreten: Ich wette, dass ich am Geräusch erkenne, ob
mein derzeitiger Begatter und eventueller späterer Gat-
te Falk eine Spinne oder etwas anderes, in der Kon-

sistenz Vergleichbares, mit dem Schuh zerpratscht. Ich hielt mir die Hände vor die Augen, «wegwischen, wegwischen», rief ich, und Falk war so nett.

Als ich mich wieder traute hinzusehen, beerdigte er die Teufelsbrut gerade in ein Zewawischundweg gewickelt im Kompost. «Eigentlich bin ich ja dafür da, Leben zu retten», sagte er, Falk war nämlich Assistenzarzt. «Hast du ja: meins», säuselte ich, und er lächelte mich triumphierend an: «Das war die Strafe für die Bubis an der Kirche. Die kriegen doch diese Woche garantiert keinen mehr hoch.» Ich sah das ein und schämte mich pflichtschuldig. Aber nur ein bisschen.

Wie das bei Männern und Triumphen so ist: Sie strapazieren sie einfach zu sehr. Falk sonnte sich in seiner Heldentat bis zum Abend, erzählte mir immer wieder, wie er sich herangepirscht und das Großwild auf dem Küchenfußboden erlegt hatte. Dabei hielt er seine Hände vor sich, als hätte er gerade einen Bären niedergerungen und bewunderte sie, während er mich wortgewaltig darüber aufklärte, dass ich da mit ihm einen ganz tollen Hecht, einen Beschützer in Wildnis und Großstadt, an Land gezogen hätte. Mit einem irren Indiana-Jones-Blick, der mir sagen sollte: «Baby, ich bin ein Mann, dir damit von vornherein genetisch überlegen, und deshalb gehört uns auch die Weltherrschaft», bugsierte er mich Richtung Schlafzimmer. Und weil ich weiß, dass das wiederspruchslose Hinnehmen solchen Wunschdenkens von Männern in der Regel mit getragenen Colakästen, angedübelten Regalen und gut geleckten Mösen belohnt wird, ließ ich ihn reden und lächelte milde.

Falk warf mich aufs Bett, und ich bemühte mich, nicht zu lachen, als er «Goldfinger» summte und im Takt mit den Hüften schwang und sich das Hemd aufknöpfte. Eins musste ich Falk lassen: Von seiner Vorliebe für Butterkuchen, Zuckerplätzchen und Kekse aller Art sah man gar nichts. Er hatte einen erstaunlichen Waschbrettbauch, von dem ich vermutete, dass er ihn täglich mehr als ein paar Minuten Training kostete. Vielleicht würde ich seinen Ehrgeiz in dieser Richtung unauffällig etwas drosseln, im Augenblick waren die segmentierten Muskeln noch sexy, aber wenn sich die Dellen und Wölbungen noch weiter ausprägten, würde sein Bauch bald aussehen wie eine Atomcellulitis, die sich im Körperteil geirrt hat. Und welchen praktischen Nutzen hat es schon, wenn jemand Wallnüsse im Bauchnabel knacken kann? Falks Hände waren jetzt bei seinem Hosenbund angekommen, und wie immer runzelte ich angespannt die Stirn, als er den Reißverschluss herunterzippte. Ich wusste, dass er oft keinen Slip trug, wenn wir zusammen waren, weil ich das gut finde, und jedes Mal befürchtete ich, es könnte sich ein Schamhaar oder ein Hautfältchen zwischen den Zinken verfangen, obwohl ich mir gar nicht sicher bin, ob das technisch überhaupt geht. Jedenfalls passierte nie etwas, und auch diesmal schälte er sich unversehrt aus seiner Hose. Ich räkelte mich auf dem Bett, und er stand am Fußende, die Arme vor der Brust verschränkt, und verlangte grinsend «zeigen».

Also entblätterte ich mich, knöpfte die Bluse auf, stemmte das Becken hoch, um die Jeans herunterzuschieben, drehte mich dann auf den Bauch, ging auf alle viere und wackelte mit dem Po. Er beugte sich über mich, küsste mir den Rücken und zog den Slip herunter. Als mir der winzige Stofffetzen um die Knie baumelte, legte ich mich wieder auf den Bauch, Falk warf das Höschen auf den Fußboden und schob sich über mich, sodass sein Schwanz zwischen meinen Pobacken lag. Gerade als ich mich an ihm schubbern wollte, hörten wir draußen ein deutliches Knacken.

Ich zuckte zusammen. Falk rutschte neben mich, und wir sahen uns ratlos an. «Vielleicht eine Katze», dachte ich. «Vielleicht eine Riesentarantel», frotzelte Falk, und ich knuffte ihn und küsste den kleinen Ring, der durch seinen linken Brustnippel gestochen war. Aber wir waren nicht mehr bei der Sache. Das Schlafzimmerfenster lag wie die Küche und das Wohnzimmer zum Garten hin und war ebenerdig. Hinter Hellas Grundstück begannen Äcker und Felder. Von dieser Seite aus konnte man sich also leicht dem Haus nähern, ohne dass es jemand sah. Die Vorstellung, dass da draußen ein hechelnder, sabbernder Traktorfahrer im Testosteronbad stand und ekstatisch seine Mistforke rubbelte, fand ich nicht gerade verführerisch. Es heißt zwar immer, Spanner seien ungefährlich, aber so genau kann man das ja nie wissen. Falk und ich einigten uns darauf, dass er nachsehen und ich die Polizei anrufen sollte, falls er mit einem Beil im Schädel ins Haus zurückwanken würde.

«Vielleicht ist es ja auch eine Spannerin», sagte er, «soll's ja auch geben.» Er blieb keine Viertelstunde, und er hatte auch kein Beil im Kopf, als er wiederkam. Dafür trug er einen ziemlich kleinen roten Lackpumps in der Hand. «Hier», sagte er, «der lag draußen im Beet vor dem Schlafzimmerfenster. Den hat die Gute wohl vergessen bei ihrem plötzlichen Aufbruch.» Von weiblichen Spannern hatte ich ja noch nie was gehört, aber wenn alle Männer hier im Dorf so waren wie Rüüüdiger, dann wunderte es mich kaum, dass die Mädels andere Anregungen suchten. Falk kuschelte sich wieder zu mir, und wir überlegten, ob sich die Frau wohl nach einer Weile wieder vor das Fenster schleichen würde. Erst wollten wir die Rollladen herunterlassen, aber dann entschieden wir uns dagegen. Die Vorstellung, dass sie da draußen im Dunkeln stand und uns zusah, fing an, uns zu gefallen.

Ich schaltete eine kleine Lampe an, damit sie uns ganz genau beobachten konnte. Die Plumeaus warf Falk sowieso immer aus dem Bett, wenn wir uns übereinander hermachten. «Ich muss manövrieren können», sagte er dann immer. Er legte sich auf den Rücken und zog mich über sich. Ich kauerte über seinem Bauch, streckte den Po weit heraus und stellte mir vor, dass die Frau draußen an der Glasscheibe verfolgte, wie Falks Hände meine Hinterbacken packten und durchkneteten. Ich rutschte auf ihm etwas höher, damit er besser herankam, und stöhnte leise, als er begann, mein Poloch zu massieren. Er hatte da eine ganz eigene Technik. Erst strich er in der Spalte auf und ab, dann klopfte er mit den Fingerkuppen ganz leicht auf die Rosette, und schließlich setzte er seine Finger wie Saugnäpfe auf meine empfindliche Haut auf und drückte und kreiste, zog die Spalte auseinander und presste sie wieder zusammen, bis ich ganz kribbelig wurde und den Hintern hin und her schwenkte, einmal, um mehr von seinen Händen zu spüren, und dann auch, weil ich hoffte, es würde sich durch das Zucken und Kreisen einmal einer seiner Finger zu meiner Möse verirren, obwohl ich ja wusste, dass das nicht passieren würde. Zu diesem Zeitpunkt jedenfalls nicht. Meine Möse musste immer warten, dahinein wagte er sich erst, wenn ich schon tropfnass und glitschig vor ihm lag und fast so weit war, dass ich ihm befohlen hätte, mir jetzt endlich die Pussy abzufingern. Ich sagte so etwas nie, das hätte ich gar nicht über die Lippen bekommen, aber alleine der Gedanke, es auszusprechen und Falk dabei ins überraschte Gesicht zu sehen, ihm zu befehlen, machte mich schon so an, dass ich schließlich mit den Beinen rudernd auf dem Laken lag und mich an Falks Brustpiercing festsaugte, bis er vor Schmerz aufstöhnte, Schluss machte mit Streicheln und anfing zu ficken. Der Moment war aber noch lange nicht gekommen.

Ich stieg von seinem Bauch herunter und legte mich neben ihn. Er setzte seine Fingerkuppen wieder wie Saugnäpfe auf, diesmal aber um meine Brustwarzen herum, und begann das gleiche Spiel mit tippen, kreisen und drücken. Falk war immer ein erstaunlich kon-

zentrierter Liebhaber gewesen und hatte mich von Anfang an damit beeindruckt, dass er Hände und Zunge
völlig synchron bewegte. Während er mich küsste,
zuckte seine Zunge in genau dem gleichen Rhythmus
in meinem Mund, wie seine Hände meine Nippel, mein
Poloch oder meine Muschi betasteten. Ich stöhnte laut.
Falk raunte mir zu: «Ich will, dass diese Frau alles von
dir sieht, absolut alles, okay?» Ich nickte, und Falk zog
mich an den Beinen zum Bettende, bis die Bettkante
genau unter meinem Becken lag.

Die Beine hingen weit gespreizt von Hellas ziemlich
hohem Bett hinunter. Falk krabbelte über die Matratze,
drehte sich mit dem Kopf Richtung Fenster, vermied es
aber, direkt hinauszusehen, wir wollten die neugierige
Fremde ja nicht verscheuchen. Er kniete sich über
mich, und ich nahm seinen Schwanz, der noch nicht
ganz steif war, in den Mund und saugte daran. Die
Arme hob ich über den Kopf, um dabei seine Oberschenkel zu streicheln. Ich musste an das Tier mit den
zwei Rücken denken, an die Frau draußen im Garten
und an die Heftchen, die Rüüüdiger und seine Freunde
vor der Kirche getauscht hatten. Dann spürte ich Falks
Hände, wie sie meine Schamlippen auseinander zogen,
und seine Zunge, wie sie in mich hineintauchte, und ich
dachte gar nichts mehr. Falk leckte mich nicht mit der
Zungenspitze, er wölbte seine Zunge weit vor und
strich mit einer breiten, rauen Zungenmitte über meinen feuchten Kitzler. Ich spürte ein Ziehen im Bauch
zwischen Nabel und Möse und glaubte, dass sich jetzt

innen eine Welle löste und die Feuchtigkeit gleich in einem Sturzbach aus mir herausströmen würde. Falk führte mir zwei Finger ein, als ich gerade vorsichtig mit den Zähnen an seiner Eichel knabberte und ihm über die Beine kratzte, feste, wie er es mochte. Am nächsten Morgen würde man dunkelrote Striemen sehen, aber das war ihm und mir egal. Er fickte mich mit der Hand, während er abwechselnd mit der breiten Zunge über den Kitzler strich und sich mit vorgestülpten Lippen ganz sachte daran festsaugte. Ich stellte die Füße auf die Bettkante, aber sie rutschten immer wieder runter, also zog ich die Beine an und wusste genau, was die Frau jetzt sah: eine rötliche, feucht glitzernde Muschi mit zwei pumpenden Fingern darin, einen saugenden Mund in der Spalte, halb verdeckt von Falks Haaren, und weiter unten ein blassviolettes kleines Poloch, in dem ich jetzt zu gerne einen weiteren Finger oder einen schmalen, leise brummenden Dildo gehabt hätte. Ich wusste genau, wie es aussah, weil Falk und ich etwas Ähnliches schon einmal vor einem riesigen Spiegel getan hatten und ich meinen Blick gar nicht hatte abwenden können von all dem geilen zuckenden Fleisch. Ich streichelte über Falks Bauch und schloss die Beine ein wenig, das Zeichen dafür, dass ich gleich kommen würde und er jetzt besser aufhören sollte.

Er nahm seine Finger aus meiner Möse, und ich richtete mich auf, zwang mich, nicht zum Fenster zu sehen, und krabbelte auf allen vieren, sodass uns die Spannerin von der Seite sehen würde. Den Oberkörper legte ich auf die Matratze und schob den Po weit heraus. Falk zog in der Zwischenzeit ein Gummi über, das ging immer ratzfatz, eintüten und aufbocken, ein eingespieltes Team. Ich spannte den Bauch an, damit keine Luft mit hineinkam, als er mir seinen Schwanz hineinschob und anfing, mich zu ficken. Es gibt zwischen uns Vögeln, ein sanftes, langsames Hinundhergleiten von der Spitze bis zum Schaft, und Ficken, harte, schnelle, kurze Stöße, und jetzt fickte er mich. Ich fingerte in meiner Möse herum, aber viel Reiben war gar nicht mehr nötig. Ich hörte an Falks Schnaufen, dass er gleich kommen würde, und konzentrierte mich auf das Gefühl seines Schwanzes in mir und meiner Finger auf dem Kitzler. Ich schwöre: In den letzten Sekunden vergaß ich sogar die Frau, die uns zusah.

Als ich mich schweißüberströmt auf das Laken streckte, Falk, der aus mir hinausgeglitten war, halb über mir, fragte ich mich wie immer, warum man so viel Zeit mit Reden, Ausflügen und Essen verschwendet und nicht einfach den ganzen Tag herumvögelt, aber ernsthaft überlege ich es immer nur in dem atemlosen Moment danach, wenn der Bauch noch bebt und die Möse noch zuckt und unsere beiden Körper ganz feucht und heiß aneinander kleben.

Erst als wir uns lange geküsst hatten, drehten wir uns wie abgesprochen langsam zum Fenster. Natürlich sahen wir gar nichts. Draußen war es stockdunkel und innen zumindest leicht erleuchtet, und wer weiß, ob da überhaupt jemand gewesen war.

Am nächsten Tag erhielt Falk einen Anruf von Professor Mustu, der ihn sofort in die Klinik zurückbeorderte, weil zwei Kollegen krank geworden waren. Professor Mustu war Inder und hieß eigentlich ganz anders. Falk und die anderen Assistenzärzte nannten ihn so, weil er sie mit dem immer gleichen Spruch zur Weißglut brachte. Da lag zum Beispiel eine offene Fraktur in der Notaufnahme. Der Professor fragte dann: «Hastu geröngt?», «Hastu Personalien?», «Hastu Blutgruppe?», bis er etwas fand, das der Assistent noch nicht erledigt hatte, und rügte dann fast beleidigt: «Mustu machen!»

Die Klinik war zu weit weg, um abends wieder zurückzufahren, und ich fragte meine älteste Freundin Ulrike, ob sie bei mir in der Idylle übernachten wollte. Den Gedanken, nachts mit irgendwelchen pubertätsgebeutelten Dorfhalbstarken mit Triebstau vor dem Fenster allein zu sein, fand ich nicht gerade verlockend.

Ich hatte Glück: Ulrike sagte zu und war früh genug da, sodass Falk ihr noch von der Spannerin erzählen konnte, wobei er in seinem Bericht netterweise unsere Eigenbeteiligung ausließ. Allerdings erwähnte er die Winzlingsrocker von der Kirche und deutete an, vielleicht seien sie es ja auch gewesen, um sich an mir zu rächen. Ich hakte Ulrike unter: «Das wäre aber unfair, ich hatte nämlich Recht: Wenn man das erste Ziegenbärtchen hat, darf man nicht dauernd daran herumzuzzeln, das ist nun mal uncool.» Ulrike nickte verständnisvoll. Sie hat immer Verständnis für mich. Außerdem ist Ulrike nicht gerade ein Pflänzchen, und wenn, dann eher ein Kaktus, mit ihr fühlte ich mich der Nacht durchaus gewachsen, egal, was sich da alles vor unsere Fenster verirren sollte – solange es nicht mehr als zwei Beine hatte.

Wir machten es uns vor einem uralten Horrorfilm gemütlich. Bela Lugosi gab sein Bestes, aber gruseliger als niedlich wurde es einfach nicht, also schilderte mir Ulrike ganz nebenbei die letzte Telefonsexsession mit ihrem neuen Liebsten, was mich ohnehin mehr interessierte als staubige, von nekrophilen Innenarchitekten eingerichtete Schlossinterieurs und nebelumwaberte, schlecht angezogene Untote. Als sie mir gerade unter Kichern vormachte, wie ihr Freund quiekend durch die Nase grunzte und schnorchelte, wenn die Leitung langsam heiß wurde, hörten wir es wieder: das Knacken aus dem Garten. Ich schlug vor, die Vorhänge zuzuziehen, aber Ulrike raunte mir zu: «Ich habe den Charme meiner Schwiegermutter und die Eleganz eines Yetis, die Dame schnappen wir uns.»

Wir robbten also bäuchlings wie die Asseln aus dem Wohnzimmer, Ulrike mit einer leeren Flasche Rotwein bewaffnet zur Hintertür und ich mit einer Taschenlampe in der Hand vorne heraus. Ich lugte vorsichtig um die Ecke. Tatsächlich: Im Beet vor dem Schlafzimmerfenster stand eine dunkle Gestalt zwischen den Tulpen. Ich schob mich an der Hauswand entlang und hoffte, dass ich nicht in irgendetwas Krabbeliges greifen würde. Von der anderen Seite sah ich Ulrike heranschleichen. Dann machte sie ein Geräusch, das so ähnlich klang wie das Grunzen ihres Freundes, die Spannerin drehte sich um, und Ulrike stürzte sich auf sie. Beide gingen zu Boden. Und ich stand wie Prinzesschen daneben, zuckte manchmal aus Solidarität, wenn Ulrike einen Hieb einstecken musste, wusste aber sonst nicht, was ich hätte tun können, ohne mir die Fingernägel abzubrechen. «Wie wär's», keuchte Ulrike, als sie die Gestalt im Schwitzkasten hatte, «wenn du endlich mal die Taschenlampe einschalten würdest?» Die Idee war gut, und das tat ich dann auch gleich.

Im gelben Licht der Taschenfunzel sah mir schmerzverzerrt und verschwitzt Falks Gesicht entgegen. Ich war so perplex, dass ich gar nicht auf die Idee kam, Ulrike Bescheid zu sagen, wen wir da erlegt hatten. Erst als Ulrike ihren Griff fester zog und Falk aufstöhnte, murmelte ich noch völlig fassungslos: «Aber das ist ja Falk.» Und Ulrike ließ so schnell los, dass sie hintenüber ins Beet fiel und die restlichen Tulpen niedermähte. Ich half erst ihr und dann Falk hoch und zog ihn ins Haus. Ulrike verabschiedete sich taktvoll ins Gästezimmer, nachdem ich ihr versprochen hatte, ihr am nächsten Morgen alles haarklein zu erzählen. Falk saß auf dem Sofa, und Bela Lugosi, der immer noch in seinem komischen Outfit über den Fernseher taperte wie ein kurzsichtiger rheumageplagter Transvestiten-Greis, sah fast noch fitter aus.

Ich versuchte, mir die Geschichte zusammenzureimen, kam aber zu keinem Ergebnis. Wieso war Falk hier und nicht in der Klinik? Wie konnte er gleichzeitig innen bei mir im Schlafzimmer sein und draußen vor der Tür als Spanner herumschleichen? Wem gehörte der Lackschuh? Ich gab es auf nachzudenken. Man muss seine natürlichen Grenzen kennen. Falk saß auf der Sesselkante, und sein Körper bildete ein großes, schuldbewusstes P. P. für Peinlichkeit. «Also?» Ich versuchte, so richtig zickig zu klingen, obwohl ich nahe dran war, laut loszulachen. Und da erzählte er mir, dass das, was wir neulich im Bett gehört hatten, wohl tatsächlich eine Katze gewesen war. Den Schuh hatte er in Hellas Mülltonne gefunden. «Ich hab halt gedacht, es macht dich an, wenn uns eine Frau beobachtet.» Ich versuchte, nicht zu grinsen, denn das hatte es ja auch.

«Und wieso taperst du draußen durch die Botanik, statt bei Professor Mustu zu schuften?»

«Der eine Kollege war plötzlich doch wieder da, da gab's für mich nicht genug zu tun. Also dachte ich, ich komme zurück und erschrecke euch ein bisschen, damit du dich sicherer fühlst, wenn ich bei dir bin.» Er schluckte, «ich hab mir halt gewünscht, dass du das Gefühl hast, dass du mich brauchst». Die Absicht mochte ja goldig sein, aber mich zu erschrecken, damit er den Retter machen konnte, fand ich wirklich nicht sehr nett. Strafe musste also sein. «Deine Rolle als Indiana Jones», sagte ich streng, «ist hier ein für alle Mal vorbei.» Er schluckte und wollte aufstehen, vielleicht hatte er es als endgültigen Rausschmiss verstanden. «Ich wäre allerdings geneigt», fuhr ich fort, «dich als Minnediener zu behalten. Dieser Minnedienst umfasst die wortlose Erledigung sämtlicher Handreichungen im Haushalt, die in dein Ressort fallen, und besonders die Lobpreisungen der Hausherrin. Und damit», ich setzte mich auf seinen Schoß, «darfst du jetzt gleich mal anfangen. Also: Lobpreise mich!»

Ich muss sagen, diese Form der Beziehung funktioniert. Falk trägt seitdem anstandslos unsere Getränkekästen, ohne dass ich ihn stundenlang bewundern muss, wie es nur Männer aushalten können, ohne rot zu werden. Und wenn er mich besonders wortreich gepriesen hat, meine Intelligenz, meine Schönheit, die Form meines Ohrläppchens, meinen elfengleichen Gang und meine Engelsstimme, dann lege ich den Zeigefinger auf seinen Mund, beuge mich zu seinem Ohr und erzähle ihm eine Geschichte. Und manchmal kommt darin eine attraktive, vernachlässigte Frau in roten Lackpumps vor, die sich nachts zu einsamen Häusern aufmacht, um uns dort zu beobachten. Und eines ist sicher: Sie bekommt immer etwas zu sehen.

Frauennabel

Merhaba, dachte Achmed, ist das einzige Wort, das deutsche Touristen können, und deshalb sagen sie es dauernd und ersetzen damit alle anderen Wörter. Und wenn sie es sagten, klang es nicht wie ein Gruß, sondern wie «mehr haben». Die vier Touristen, die gerade seinen Laden betraten, offenbar zwei Pärchen, waren da nicht anders, alle vier sagten «merhaba», und zwar exakt gleichzeitig, als wären sie ein griechischer Chor in einer antiken Tragödie. Achmed nickte und lächelte. Die eine Touristin, die ihren Freund in jedem zweiten Satz «Spatz» nannte, war hübsch: sehr jung, mit so dunklen Haaren, das sie einen Blauschimmer hatten, wenn das Licht darauf fiel, und ihr Becken ausladend, als wäre sie aus einem Harem entlaufen, von dem die Touristen wahrscheinlich dachten, es gebe sie in der modernen Türkei immer noch. Achmed musste grinsen, als er an die Orgien dachte, die sich die Touristen ausdenken könnten:

Wogendes Fleisch auf golddurchwirkten Stoffen. Hennabemalte, goldgeschmückte Hände, die lasziv in fremden Schößen liegen oder wild in dunklen Haarkrausen zucken. Ein dumpfes, atemloses Stöhnen, das den Raum erfüllt. Hunderte von feuchten, halb entblößten

Frauenleibern, die sich umeinander schlingen und rä-
keln. Und dann betritt der Sultan das Gemach, und ein
Raunen geht durch den Raum. Die Frauen erheben
sich, ziehen die Schleier beiseite, preisen ihre Brüste
und strecken ihm ihre Hinterbacken entgegen, damit er
dazwischengreifen und die Festigkeit prüfen kann. Seine Finger tasten da und dort und schlüpfen immer mal
wieder zwischen ein paar geöffnete Schenkel, verreiben
die Feuchtigkeit zwischen den Kuppen, um sich die
richtige Gespielin für die Nacht auszusuchen. Und die
Haremsdamen winden und spreizen sich, heben die
Becken und tanzen und tun alles, um endlich einmal
wieder rangenommen zu werden von ihrem Sultan.
Achmed kicherte leise und wünschte sich, die Phantasien der Touristen wären Wirklichkeit und er selbst so
ein Sultan, den die schönsten Frauen des Landes um
einen Tropfen Ejakulat anbettelten. «Merhaba», sagte
einer der beiden Männer wieder und zeigte auf die Aus-
lagen. «Wir würden gerne etwas typisch Türkisches
probieren.» Achmed nickte und lud sie mit einer Hand-
bewegung ein, auf den Barhockern vor seiner Vitrine
Platz zu nehmen. Einen Moment dachte er darüber
nach, wie es wäre, hier leibhaftige Klischees zu verkaufen. Haremsdamen zum Beispiel, das wäre doch etwas
«typisch Türkisches» für Touristen. Sie würden in blaue
und goldene Schleier gehüllt aufgereiht hinter ihm auf
einem schmalen Bord sitzen und leichtfüßig hinunter-
springen, wenn ein Kunde kam. Und dann dürfte der
die türkische Köstlichkeit probieren. Achmed wurde

heiß, er beschloss, sich erst mal auf diese Kunden zu konzentrieren und anschließend, wenn er wieder alleine war, auszumalen, wie so ein Geschäft voller dürftig verhüllter Mädchen aussehen könnte. Er hatte den kleinen Laden, in dem es Süßigkeiten und Gebäck aller Art gab, von einem Onkel geerbt, und da sein Studium in Bielefeld sowieso nicht besonders erfolgreich verlief, hatte er sich nach Istanbul aufgemacht, um Touristen den kulinarischen Zauber von tausend und einer Nacht in Keksform nahe zu bringen. «Nur ein Mund, der zuvor Süßes gegessen hat, kann dann Süßes sagen oder tun», dozierte er, «das ist zwar ein asiatisches Sprichwort, aber hier ist es auch so.» Er lächelte. Die Schöne aß gern Süßigkeiten, das sah man, der dünne Stoff ihrer Hose spannte sich über ihrem Po, als sie sich auf den Barhocker setzte, und Achmed bewunderte die Bewegung ihres schweren Busens beim Atmen und stellte sich vor, wie ihre Brustwarze jedes Mal den Stoff ihres Leinenoberteils streifte. Süßigkeiten verkaufen war besser als studieren in Bielefeld, in solchen Momenten wusste Achmed das ganz genau. «Baklava besteht aus mehreren Schichten Blätterteig, zwischen die eine Nussmischung eingebacken ist. Das Ganze wird dann mit Honig übergossen und in Scheiben geschnitten.» Die vier wunderten sich nicht einmal, dass er perfekt Deutsch sprach, sie erwarteten das wohl. Er reichte ihnen die Süßigkeit auf Servietten, und die vier bissen erwartungsvoll hinein. Die Schöne zog eine Schnute und verdrehte genussvoll die Augen. Auch die anderen waren begeistert. «Helva», sagte Achmed, «ist noch etwas süßer. Gemahlene Sesamsamen und Zucker. Gibt es in verschiedenen Arten. Hier hab ich etwas mit Pistazien.» Er beobachtete die Schöne genau, das war eine, bei der die Erotik durch den Mund ging, sie nagte vorsichtig an der puderigen weißen Paste und ließ die Zuckermischung auf der Zunge zergehen. Gleich kommt's ihr, dachte Achmed, aber auch ihr Freund war kein Kostverächter. Er lutschte weltvergessen an seinem Stück und wischte der Schönen einen Krümel vom Mund. Sein Finger rutschte wie selbstverständlich zwischen ihre vollen Lippen, und sie saugte einen Moment, bevor sie kicherte und wieder ein Stückchen Helva abbiss. Während er eine weitere Köstlichkeit auf Servietten bereitstellte, beobachtete Achmed das andere Pärchen. Die Frau hatte ihre leichte Strickjacke um die Hüften gebunden und ließ magere Schultern sehen. Sie hatte die Augen geschlossen und ließ sich von ihrem Mann mit kleinen Bröckchen füttern, die sie von seinen Fingern schlabberte wie ein Pony, dem man Zucker gibt. Nach und nach schienen die vier durch die klebrigen, süßen Verführungen immer enthemmter zu werden, sie stöhnten und grunzten, kicherten und summten, und die Schöne leckte mit der Zungenspitze etwas Honig aus dem Mundwinkel ihres Freundes, was Achmed besorgt zu seiner weißen Schürze hinuntersehen ließ, ob sich nicht vielleicht schon ein Ständer abzeichnete. «Aber das Beste überhaupt», sagte er und senkte die Stimme, «ist dies hier.» Und er schob vier kleine Kuchen mit einer honiggefüllten Mulde über die Vitrine. «Frauennabel», sagte er, als enthülle er ein Geheimnis. Die vier fingen an zu lachen, die Frauen etwas zu kehlig und die Männer etwas zu heiser. Es ging längst nicht mehr um Gebäck, im Laden war es schwül geworden, obwohl die Klimaanlage auf vollen Touren arbeitete. Die Schöne zog das Top der anderen Frau ein Stückchen hoch und zeigte ihrem Freund deren gepiercten Bauchnabel. Achmed war erleichtert, denn er hatte eine Idee, und die Chancen standen gut, dass die Schöne einen unversehrten Bauchnabel hatte. Er wusste, dass in Deutschland Frauen so aussehen mussten, als kämen sie gerade aus einem Army-Trainingscamp: stahlharte Muskeln, Bäuche wie Beton, und die anderen, die weichen, vollen Frauen trauten sich nicht, ihre Pfunde zu schmücken. Die beiden Pärchen kosteten die Frauennabel-Kuchen und erklärten sie zum Besten, was die Türkei zu bieten habe, und wollten alles darüber wissen. Achmed leierte betont gelangweilt etwas von Sirup aus Zucker und Zitronensaft, der aufgekocht, abgeschöpft und erkalten musste, von Mehl, das in heißes Wasser gegeben und lange gerührt wurde, von Eiern und wallnussgroßen Bällchen, die geformt und flach gedrückt würden, bevor man sie von beiden Seiten in Öl briet und mit Sirup übergoss. Und dabei wischte er gleichgültig mit einem feuchten Lappen über die Theke. «Das Geheimnis», fuhr er fort, «kann ich aber nicht verraten.» Die Schöne hatte mittlerweile ganz rote Wangen, und auch die knochige Freundin drückte und knetete die Hand ihres Mannes und bettelte, auch das

Geheimnis zu verraten. Schließlich ließ Achmed sich erweichen, schloss die Vordertür ab und zeigte den Pärchen den Weg in die Backstube. Der Raum war relativ klein und heiß. In der Mitte stand ein großer Tisch, auf den durch ein kleines Fenster unterhalb der Decke ein Streifen Sonnenlicht fiel. Irgendwo lief türkische Musik, kein Hitparadenpop, sondern schrille, ungewohnte Tonfolgen mit schnellem, sich noch steigerndem Rhythmus. «Das Geheimnis», flüsterte Achmed, «ist, dass der Frauennabel-Kuchen so heißt, weil er mit Hilfe eines Frauennabels gebacken wird.» Die beiden Frauen kicherten. «Je perfekter der Nabel, desto verführerischer die Wirkung.» Er bat die Schöne, ihre Bluse auszuziehen und sich auf den Backtisch zu legen, ihr Freund zuckte schon am ganzen Körper wie eine große Heuschrecke und hatte hektische Flecken auf dem Hals. Der Tisch war eingemehlt und klebrig, und Achmed erklärte, am besten sei es sowieso, sie würde sich ganz ausziehen, um die Kleidung zu schonen und weil der Kuchen umso besser würde, je erotischer die Herstellung gewesen sei. Die Schöne zog sich tatsächlich aus, Achmed konnte sein Glück kaum glauben. Sie legte sich auf den Tisch und schloss erwartungsvoll die Augen. Achmed strich vorsichtig über die bebende Bauchdecke und beobachtete genau die drei anderen, wie weit er gehen durfte. Niemand erhob Einspruch. Schließlich ließ er seine Hände auf ihrem Becken liegen. «Ein perfekter Bachnabel», dozierte er, «ist nicht zu tief und nicht zu flach. Man muss einen halben Fingerhut Sirup oder Likör mit der Zungenspitze aus ihm lecken können, so etwa», er goss mit einem Löffel etwas Sirup in den Bauchnabel der Schönen, beugte sich darüber und tauchte seine Zungenspitze hinein. Wieder füllte er den Bauchnabel und forderte den Freund auf zu probieren. Auch die anderen beiden stellten sich an. «Der Bauch um den Nabel ist ganz wichtig, er muss voll und weich sein, die Haut zart und gespannt, der Knubbel ganz unten in der Mitte des Nabels muss verschwindend sein wie ein Fädchen, auf keinen Fall wulstig, und der Nabel darf nicht verschlossen sein, wie gesagt: Eine Zungenspitze muss hineinpassen.» Die Schöne lag schon völlig entspannt da, nur ihre Zehenspitzen wippten und verrieten, dass sie neugierig war, was jetzt passieren würde. Achmed strich mit einer Kelle Honig über ihren Bauch. «Verteilt ihn mal ganz dünn», sagte er, und sechs erst noch schüchterne, dann fordernde Hände glitten über den golden glänzenden Bauch, verschmierten die klebrige Substanz und folgten der süßen Spur, wo sie in die ersten Härchen des Venushügels lief. Gierig beobachtete Achmed, wie sich nicht nur die Finger des Freundes in dem schwarzen Gekraus verirrten, sondern sogar die Freundin die Gelegenheit nutzte, zwischen die Schamlippen der Schönen zu rutschen. Ihm standen Schweißperlen auf der Stirn, und er griff sich unauffällig unter die Schürze und massierte seinen Ständer, der fast schmerzhaft gegen die Jeans drückte. Er holte eine Schüssel mit Teig, ließ die drei kleine Kugeln formen, auf den Bauchnabel legen und eine Vertiefung hineindrücken. Und jedes Mal, wenn eine Fingerkuppe den weichen Teig berührte und die Mulde formte, kam es ihm vor, als dringe er selbst in das weiche Fleisch der schönen nackten Frau vor und spüre ihre klebrige Feuchtigkeit. Die Hände auf dem Nabel der heftiger atmenden Frau wechselten sich fliegend ab. Die Musik hatte aufgehört zu spielen. Die vier rollten die Teigkugeln auf ihren Schenkeln und Brüsten, drückten sie auf ihrem Leib flach und waren so konzentriert bei der Sache, dass es ganz still in der Backstube geworden war und Achmed nur das leise Keuchen hörte und das Schmatzen, wenn sich der Teig von der Haut löste und achtlos auf ein Tablett geworfen wurde. Die Beine der Schönen hingen vom Tisch herunter und waren jetzt leicht geöffnet, sodass Achmed zwischen die Oberschenkel sehen konnte, auf das rötlich glänzende Muschelfleisch, und er versuchte, sich das Bild einzuprägen: die nackte Frau und zwischen ihren Beinen immer mal wieder ein einzelner verstohlener Finger, der ins Innere rutschte. Jetzt einfach die Schürze abbinden, die Hose zu Boden fallen lassen, den Ständer ins Freie lassen, auf den Backtisch zutreten, die Knie der Frau an ihren Leib pressen und seinen Schwanz bis zum Schaft in sie hineinschieben. Ihr Freund und das andere Paar würden daneben stehen und wie in Trance staunen. Vielleicht finge die Musik wieder an zu spielen, und er würde im scharfen, schnellen Rhythmus in die honigtropfende Öffnung der Schönen hineinstoßen. Achmed wurde schwindlig. Seine Hose war jetzt so eng, dass er es kaum noch aushielt. Er massierte heftiger und unterdrückte sein Stöhnen. Die vier waren völlig selbstvergessen, und ihm fiel nichts anderes ein, er klatschte in die Hände, erklärte die Backstunde für beendet, half der verwirrten Schönen, aufzustehen und in ihre leichte Kleidung zu steigen, die völlig mit dem Honig verklebte. Im Laden häufte er schnell Frauennabel auf ein Tablett, reichte es der Schönen und komplementierte sie alle hinaus. Die vier verließen das Geschäft so fluchtartig, dass Achmed sich grinsend vorstellte, wie sie die Nabelforschung in ihrem Hotel weitertreiben würden. Die Schöne klebte ja noch völlig, und anstelle duschen zu gehen, könnten sie die anderen drei ja gemeinsam ablecken. Die Freundin würde sich die vollen Brüste vornehmen und sich besonders mit den Nippeln beschäftigen, an denen der Honig ganz besonders klebte. Dem zweiten Mann blieben die Schenkel, und zusammen mit dem anderen vor ihr kniend, könnte er zusehen, wie ihr Freund sich ihre glänzende, klebrige Muschi vornahm, den Sirup aus den Härchen saugte und sie ganz auslutschte. Und dabei würden sie immer wieder an die Backstube zurückdenken, wie die Frau da gelegen hatte und wie sie die Frauennabel auf ihrem Bauch geformt hatten.

Achmed sah ihnen grinsend nach und murmelte: «Touristen und ihr Klischee vom schwülen Orient. Denen kann man echt alles erzählen.» Noch einmal griff er sich behaglich an die Hose und ging zurück zu seinen sirupgetränkten Versuchungen.

Die Nacht der Hennen

Hen's night. Gackerndes Gekreisch und bunte Kleider, viel zu kurze Miniröcke, pinke gespitzte Lippen wie Schnäbel, ununterbrochenes Geschnatter und Gekicher, schrille Stimmen und die Hackordnung, die alte, grausame, mit Schultertätscheln und Bussibussi durchgesetzte Hackordnung, die Aline schon im Büro hasste wie Maul- und Klauenseuche. Aline stand immer ganz unten in dieser Hackordnung. Nicht nur in der Bürogemeinschaft, die sie zu diesem idiotischen Junggesellinnen-Abend überredet hatte, sondern auch in ihrer Beziehung zu Max, ihrem zukünftigen Ehemann.

Die anderen bestimmten, und sie, das Küken, gehorchte.

Max bestimmte, dass sie hoch geschlossene graue Kostüme trug, sich nicht schminkte und vor allem nicht alleine ausging, und die angeblichen Freundinnen im Büro bestimmten, dass sie sich dagegen wehren müsse, und schleppten sie in dieses Lokal, dieses Etablissement. Wenn Max das wüsste, würde er glatt die Hochzeit platzen lassen. «Contenance» war eines der ersten Worte, die sie von ihm gelernt hatte, die nächsten waren «Haltung», «Diskretion» und «standesgemäß». Max kam aus den so genannten besseren Kreisen, er sprach von seiner Mutter als der «Frau Mama», mit Betonung auf dem hinteren a, und dass man dieser Patriarchin niemals widersprechen durfte, war Aline schon klar, bevor sie ihr vorgestellt worden war. Auch unter den Frauen dieser neuen Familie war Aline in der Hackordnung wieder ganz unten, und weil sie dieses Leben auf der niedrigsten Sprosse gut kannte, fügte sie sich widerspruchslos.

«Das wird kla-a-a-a-se», kreischte die dicke Katja in ihr Ohr und klatschte dabei in die Hände wie eine Bruthenne, die mit den Flügeln schlägt. Aline zuckte zusammen und lächelte verkrampft. Die Disko lag in einem Gewerbegebiet, und die Schrift über der Eingangstür war pink wie die Münder der Bürohühner. Zumindest würde Aline hier niemanden treffen, den sie kannte. Das war ihre Bedingung gewesen, als die Ersten anfingen, ihren Junggesellinnen-Abend zu planen. Christel aus der Londoner Partnerfirma war auf diesen bescheuertsten aller Einfälle gekommen. «Bei uns in London», so fing sie wie immer ihren Satz an, «gibt es vor der Hochzeit die Hen's night, das letzte Mal Spaßhaben für die Braut.» Aline wurde augenblicklich in dem Maße blass im Gesicht wie ihre Kolleginnen rot. Sie plapperten und schwatzten durcheinander, planten, ein T-Shirt für Aline zu drucken mit einer Aufschrift wie: «Nimm mich, bevor ich vergeben bin», dann sollte sie auf dem Marktplatz Kondome an Passanten verkaufen, während die Mädels mit Rasseln und Tuten einen Heidenlärm machen und «Old McLady has some fun» grölen würden. Und das so verdiente Geld würde man anschließend in einer Bar auf den Kopf hauen. Und Aline, die nie laut wurde, sich immer im Hintergrund hielt und zusammenzuckte, sobald sie jemand ansprach, sagte ungewöhnlich laut «niemals», mit einem Nachdruck, der alle überraschte. Aline verschwand auf die Toilette, setzte sich in eine Kabine und wischte sich den Schweiß von der Stirn. Nicht auszudenken, was passiert wäre, wenn Max von dieser Aktion gehört hätte, «du bist jetzt eine Dame», hatte er gesagt, als er ihr den Verlobungsring überreichte, «eine Dame unserer Familie. Bitte verhalte dich danach und enttäusche mich nicht und sei comme il faut.» Das Letzte musste Aline in einem Wörterbuch nachschlagen, aber auch ohne die genaue Übersetzung hatte sie direkt verstanden, dass Max von ihr ein standesgemäßes Benehmen erwartete. Beim Kondomverkaufen hatte sie sich durchsetzen können, bei der nächsten Idee ihrer Kolleginnen nicht. Und so drängelten sie sich inmitten einer gackernden Meute vor dem Eingang dieser Disko, in der es jeden Freitag eine Men-Strip-Show zu sehen gab, über die das ganze Büro sprach, sogar die Männer, die sie ja gar nicht sehen durften, und sogar der kultivierte, sanfte Tom mit den schönen Händen, der den ganzen Tag leise elektronische Musik, die nach Dschungel und Weltraum klang, in seinem Büro hörte, überlegte, was man da wohl so zu sehen bekam. Die Freundinnen fanden neben der Bühne eine Nische mit einem Tisch und quetschten sich auf die harten Plastikbänke. «Heute bist du die Hauptperson», schrie Gertrud und heulte wie eine rollige Wölfin. Aline lächelte gequält. «Heute gibt es keine Tabus», ergänzte Manuela, ebenfalls schreiend, «keine Anstandsregeln.» Alines Lächeln wurde noch gequälter. Sie dachte an die morgige Hochzeit, vor allem an die Diashow, die sie von Max' Brüdern befürchtete.

Vor ein paar Tagen hatten sie bei Alines Mutter das Familienfotoalbum abgeholt, und bestimmt würden sie eine peinliche Vorführung zusammenstellen, bei der sie noch einmal richtig deutlich machen konnten, dass Aline nicht dazugehörte. Sie sah die Dias direkt vor sich: der kleine Max im Kindersmoking beim Tanz mit der Frau Mama, Aline im Woolworthunterhemd im Schlamm spielend, Max mit dem Privatlehrer Griechisch lernend, Aline mit Marmelade beschmiert Plätzchen backend. Und dann als krönender Höhepunkt: Aline halb nackt in einer Men-Strip-Show, und Max würde ihr daraufhin seinen Ring entgegenwerfen und «das ist degoutant» rufen. Dass degoutant ekelhaft hieß, wusste sie nur, weil sie es schon einmal nachgeschlagen hatte, als sie im Urlaub ihr Bikinioberteil am Strand ausziehen wollte.

Ihre Kolleginnen ahnten nichts und stichelten ununterbrochen, was Aline denn in der Nacht der Nächte anzuziehen gedenke, ob sie Max zur Feier des Tages «einen abknuspern» würde und Ähnliches, bei dem Aline versuchte, es so gut es ging zu überhören. Die dicke Katja schäkerte gerade, sie werde nie wieder Verhütungscreme nehmen, ihr Werner beschwere sich immer über «das taube Gefühl in der Zunge», woraufhin alle Mädels grölten wie die Bierkutscher, da wurde es dunkel im Saal.

Es war eine klassische Men-Strip-Show.

Zuerst kamen die Bauarbeiter mit Helmen und orangeroten Westen. Sie rissen sich die Latzhosen vom Leib und zeigten ihre Boxershorts, auf denen kleine Warndreiecke angebracht waren. Sie hielten sich die mitgebrachten Pylone vor den Unterleib und stießen mit fickrigen Bewegungen hinein. Die Meute johlte. Schließlich rissen sie sich auch die Shorts vom Leib und präsentierten wie Revuegirls in einer Reihe stehend ihre Minislips, die eher «Eierwärmer» waren, wie die dicke Katja kreischend feststellte. Unter Geschrei und Gekreisch der Zuschauerinnen rieben sich die Bauarbeiter die strammen Hintern gegenseitig mit Motoröl ein und verschwanden. Aline seufzte und dachte, dass die Sache mit dem Öl auch ihrem schwulen Cousin Freddi gefallen hätte, den sie bisher vor Max versteckt hatte, damit der ihr keinen Vortrag über «vererbte Charakterschwächen» hielt, wie er es einmal getan hatte, als sie berichtet hatte, ihre Tante Ursula koche nicht gerne und denke auch gar nicht daran zu heiraten, sondern verbringe ihr Leben mit wechselnden Herren auf Mallorca.

Eine Horde Indianer in Federröckchen stürmte jetzt unter wildem Geheul die Bühne. Sie trugen einen Marterpfahl in Form eines Riesendildos mit sich, an den sie gleich eine hysterisch lachende junge Schwarze aus der ersten Reihe fesselten. Katja und Christel hatten Aline zwar aus ihrem Sitz gezerrt, sobald die Indianer den Saal stürmten, aber sie waren zu weit weg von der Bühne. Aline strich sich erleichtert durch die Haare und versuchte, in ihrem Sitz zu versinken. Die Indianer versuchten sich gegenseitig mit den Tomahawks die Genitalien abzuhacken, erwischten aber zufällig immer nur die Seitenbänder der Lendenschurze, die zu Boden fielen, woraufhin sich die beiden jeweiligen Streithähne anfingen zu balgen. Dabei achteten sie darauf, dass besonders ihre Hinterteile immer hoch in die Luft ragten, und das Publikum sah, wie gut ausgeprägt ihre Muskeln überall am Körper waren. Der Häuptling erschien, alle stellten sich in einen Kreis und fingen wild an, um den Riesendildo mit der jungen Schwarzen zu tanzen, verloren dabei den Rest ihrer spärlichen Bekleidung, und als der letzte federgeschmückte Tanga fiel, ging das Licht aus, und Donner- und Regengeräusche kamen über Lautsprecher.

Als das Licht wieder anging, waren die Indianer mit ihrer Beute verschwunden und machten Platz für die Gentlementänzer im Smoking. Vom Smoking war schnell nur noch die Fliege um den Hals übrig, die Zylinder waren mit Klettverschlüssen an den Tangas befestigt, sodass es so aussah, als würden all diese gut gebauten und wahrscheinlich von Herzen schwulen oder impotenten Männer die Hüte mit ihren Erektionen halten. Zur Musik von «A Chorus line» tanzten sie, bis auch ihre Hintern nackt den Damen vor der Bühne entgegenglänzten.

Die nächsten Nummern unterschieden sich nur wenig. Alle kreisten mit den Hüften, wippten mit den Becken, zwirbelten ihre Brustwarzen, griffen sich in den Schritt und reckten den schreienden Frauen ihre Pos entgegen, die so muskulös waren, als könnten sie zwischen den Backen Wallnüsse knacken. Aline wurde die ganze Zeit von ihren Freundinnen geknufft und getreten, gepikst und geklopft, doch nach vorne zu gehen, sie zerrten sie an den Rand des Tisches und versuchten sie in Richtung der Bühne zu stoßen, damit ein Tänzer sie auf die Bühne ziehen sollte, um sich da von ihr mit Massageöl einschmieren zu lassen und ihre Hand in seinen Winzslip zu zwingen. Aline hatte Schweißperlen auf der Stirn und sah sich ständig um, ob sie nicht doch jemand kannte.

Als sie nach fast zwei Stunden schon glaubte, es endlich überstanden zu haben, kam der Höhepunkt der Show: ein Tänzer mit schwarzem Cape und einer Maske, el Zorro, der mit einer Peitsche knallte und besonders aufreizend tanzte. Die Kolleginnen verdrehten die Augen, trommelten mit den Fäusten auf die Tischplatte und jaulten ekstatisch. «Das ist Zorro», schrie Manuela Aline an, «der holt sich nie eine auf die Bühne, aber er tanzt am besten, bei dem merkt man, dass ihm da richtig einer abgeht.» Dann jaulte sie wieder wie eine Comicfigur, der ein Amboss auf den Fuß fällt. Und plötzlich ging mit Aline eine Veränderung vor sich, sodass die Mädels am Tisch, die eben noch geschunkelt und gejohlt hatten, sich betreten ansahen.

Zorro hatte gerade sein Hemd ausgezogen und seine Hände in die schwarze Lackhose geschoben, um einer onanierähnlichen Betätigung nachzugehen, da stand Aline auf, starrte den Tänzer an und ging wie hypnotisiert auf die Bühne zu. Mit beiden Ellenbogen bahnte sie sich einen Weg durch die wogenden Busen und schwingenden Hüften unterhalb der Bühne, erreichte die kleine Treppe und stieg aufs Podium. Oben angekommen wartete sie einen kurzen Moment und stand da wie eine Statue. Sie riss sich mit einem Mal die hoch geschlossene Bluse vom Körper. Zorro stockte kurz, fing sich aber schnell und tanzte weiter. Aline ging auf ihn zu, ließ dann auch ihren wadenlangen Rock fallen und stand in Nylonstrümpfen und BH vor ihm auf der Bühne. Das Geheul der Frauenmeute unten wechselte von ekstatisch zu hysterisch. Die dicke Katja, Manuela und die anderen konnten es gar nicht glauben, als Aline Zorro ohne Vorwarnung mit diesem merkwürdigen, halb gehässigen, halb beseelten Lächeln direkt in den Schritt fasste. Und sie ging noch weiter. Sie drehte sich um, rieb ihren Hintern an ihm, nahm seine Hände und legte sie über ihre Brüste. Sie stahl ihm die Show, und Zorro geriet immer wieder aus dem Takt, versuchte sie wegzuschieben, um von der Bühne zu tanzen, aber Aline ließ ihn nicht. Zorro tappte schließlich nur noch von einem Fuß auf den anderen wie ein kleiner Junge, der mal auf Toilette muss. Seine Bewegungen hatten allen

Elan und jede Spannung verloren. Sie kniete vor ihm, streckte ihre Zunge weit heraus und leckte über den Lackslip mit Reißverschluss. Sie riss ihm die Hose herunter, und als Zorro noch gar nicht wusste, wie ihm geschah, auch den Lackslip. Das war nun absolut ungewöhnlich. Die Stripper zogen sich nie ganz aus. Ein nackter Hintern war das Höchste, was die Zuschauerinnen zu sehen bekamen. Über ihren kleinen Zorro hielten sie immer einen Bauarbeiterhelm, einen Zylinder oder ihre Hände. Wieder versuchte Zorro zu entkommen und knallte versuchshalber mit seiner Peitsche, aber Aline ließ ihn nicht. Sie packte ihn von hinten, hielt sein eingeschrumpeltes Schwänzchen direkt ins Publikum und wackelte damit. Als sie ihn genug gedemütigt hatte, legte sie ihre Arme um seinen Hals und sprang so auf ihn, dass sie mit den Beinen seine Taille umklammern konnte. Sie war klein und dünn, sodass er sie halten konnte. Das nutzte er auch gleich aus und trug sie von der Bühne in den Backstagebereich. Die dicke Katja war völlig außer sich und schrie immer wieder: «Unser Fräulein Aline vögelt Zorro, ich fass es nicht.»

Hinter der Bühne war es ruhiger. Aline glitt von Zorro, setzte sich auf einen Tisch mit Mineralwasserflaschen und Plastikbechern und grinste bitter. «Deshalb rennst du also dreimal die Woche zu deinem akademischen Freundeskreis», sagte sie gedehnt, «ob das aber so comme il faut ist, was du da tust, ob das deine Frau Mama billigen würde. Nicht dass außer mir noch jemand dieses große Muttermal auf der Schulter wieder erkennt.» Max zog die Maske vom Gesicht, raffte ein Handtuch aus einem Regal und schlang es um seine Hüften. «Ich hab nie eine angefasst, ehrlich», wimmerte er, «ich mach das nur aus Spaß. Das hat mit dir gar nichts zu tun, Alinchen.» – «Glaub ich dir sogar, aber trotzdem kann es ja wohl nicht sein, dass ich wie eine alte Jungfer lebe und du deinen Max hier raushängen lässt.» Sie tippte gegen das Handtuch, Max zuckte zusammen. «Ich werd nur gern angesehen, ich tanz nur gern», greinte er, aber Aline winkte ab. «Kannst du ja auch. Aber ich will erstens von dir nie mehr einen Kommentar über Contenance hören. Zweitens: Deine Mutter hat in unserer Ehe gar nichts zu bestimmen. Und drittens kann ich mit Freundinnen weggehen und mich anziehen, wie ich will. Dann erfährt niemand was, ist das klar?» Max nickte betreten. Aline rutschte vom Tisch und umarmte ihn. «Das ist unser Ehevertrag. Wenn du in Frieden leben willst, halt dich dran. Jetzt geh ich wieder nach vorne. Es wird spät heute Abend. Warte nicht auf mich.» Er nickte wieder.

Christel und Manuela diskutierten gerade über die Potenz des Häuptlings vom ersten Teil der Show und ob Bauarbeiter wohl anders im Bett seien als Hochschulprofessoren, als Aline betont lässig an den Tisch zurückkam. Sofort stürmten alle auf sie ein, wie es mit Zorro gewesen sei und was denn mit ihr los sei. Aline lehnte sich grinsend zurück, warf die Haare in den Nacken und sagte nur: «Hen's night, Hen's right.»

Wintersonne

Wenn ich morgens zur Arbeit fahre, nehme ich immer die alte Alleestraße. Links an der Post vorbei, die Baumschule auf der rechten Seite, und dann kommen nur noch Äcker. Die Fahrt ist lang, fast eine Stunde, aber das macht mir nichts. An guten Tagen überlege ich, was links und rechts wohl so wächst, an schlechten denke ich über mich nach. Ich bin einundvierzig. Ich habe einen Sohn und einen Mann. Und ich fahre jeden Morgen diese Straße entlang. Viel mehr gibt es eigentlich nicht zu denken. Kleine Zweige und Kastanien knacken unter den Reifen, und im Rückspiegel kann ich sehen, wie die Abgase aus dem Auspuff hochsteigen. Abgase, Dampf, Rauch, da kann ich stundenlang zusehen, eben noch ist es eine Wolke und im nächsten Moment nichts mehr. Mich fasziniert so was.

Alles fing an auf dieser Allee, an einem Wintertag. Die Sonne stand so tief, dass ich glaubte, direkt hineinzufahren. Die Bäume am Rand waren fast golden, und die Straße reflektierte das Licht so, dass es in den Augen wehtat. Entgegenkommende Autos konnte man kaum erkennen, sie tauchten einfach aus der Sonne auf und rasten auf mich zu. Ich hielt die Hand über die Augen, ich klappte die Sichtblende herunter. Ich fuhr ganz rechts und sehr langsam, aber es nutzte nichts. Wie hypnotisiert starrte ich in das helle Licht und lenkte darauf zu. Ich bemerkte viel zu spät, dass ich nicht allein auf der Straße war. Die Reifen drehten durch, als ich bremste. Ich schlitterte auf dem eisglatten Asphalt, der Wagen kreiselte und kam kurz vor einem Baum zum Stehen. Ich kurbelte das Fenster herunter und hielt mir wieder die Hand vor die Augen, aber das Licht war so hell. «Schönes Manöver», sagte jemand, «vielleicht ein bisschen riskant.» Er kam an mein Auto heran, das Pappschild mit der krakeligen Aufschrift in der Hand, den Rucksack über die Schulter geworfen. Lächeln konnte ich nicht. Ich versuchte, ihn zu erkennen. Ich hatte nicht die Absicht, ihn mitzunehmen, aber nachdem ich ihn fast überfahren hatte, wollte ich mich wenigstens entschuldigen oder wütend werden, wieso er da so auf der Straße rumstand am frühen Morgen, ich war mir noch nicht ganz sicher. Es wurde nichts von beidem, keine Entschuldigung, keine Wut. Ich ließ ihn einsteigen und nahm ihn mit.

Vielleicht war es das merkwürdige Licht, vielleicht die Art, wie er ein Kaugummi aus dem Papier schälte und es sich in den Mund schob, jedenfalls fuhr ich dort, wo ich hinwollte, einfach vorbei, und drehte auch später nicht um. Ich wusste, dass mein Mann unseren Sohn vom Kindergarten abholen würde, und ich wusste, dass niemand, auch nicht meine liebsten Freundinnen, Verständnis für mich haben würden. Ich fuhr mit dem fremden Mann, der höchstens Mitte zwanzig war, auf die

Autobahn, ohne anzuhalten, ohne auf eine Karte zu sehen oder mich darum zu kümmern, was auf den Schildern stand. «Wissen Sie eigentlich, wo Sie hinwollen», fragte er mich mit einem spöttischen Grinsen, und ich überlegte einen Moment, nickte dann und hielt am nächsten Motel. Er erledigte das Einchecken, während ich im Wagen sitzen blieb. Als er sich wieder neben mich setzte und eine Bungalownummer nannte, reflektierte das Metall des Schlüsselanhängers das Licht und blendete mich wie ein Messerstich.

Seine Gürtelschnalle klemmte etwas, daran erinnere ich mich noch. An sein Gesicht erinnere ich mich nicht mehr, auch nicht daran, wie er roch oder was auf seinem Pappschild gestanden hatte. Ich weiß noch, dass seine Achselhöhlen und die Beine ganz frisch rasiert waren, was seinen kleinen festen Po und die Oberschenkel so weich machte wie bei einem Mädchen. Und ich weiß noch, dass er mich auszog, dass ich kaum etwas tat, sondern nur dastand und versuchte, mich zu erinnern, wann ich abgebogen und auf die Autobahn gefahren war und ob das wirklich meine Idee gewesen sein konnte. Seine Hände waren groß und warm, mit kleinen Schwielen innen, und überall, wo er meine Haut berührte, begann sie zu brennen. Ich ließ zu, dass er meinen Hals küsste und seine Nase in die Kuhle über meinen Schlüsselbeinen legte, als würden wir uns schon seit Jahren kennen. Dann legte er mich aufs Bett und strich mit beiden Händen über meinen Körper vom Kopf bis zu den Fußsohlen. Er drehte mich herum und küsste sich wieder hinauf. In den Kniekehlen blieb er lange, saugte sich fest und strich dabei immer wieder über meine Füße, bis sie nicht mehr wegzuckten. Seine Zunge wanderte weiter hinauf, zu der Falte, wo die Oberschenkel in den Po übergehen, zu den beiden kleinen Kuhlen auf der Hüfte, die zusammen mit dem Punkt, wo die Poritze anfängt, ein Dreieck bilden, das genau die Maße hat wie das andere, pelzige, etwas tiefere auf der Vorderseite. Er strich mit seiner Nase meine Schulterblätter nach und legte sein Ohr auf meinen Rücken, um mich atmen zu hören. Er stieg über mich, auf allen vieren, ohne dass sein Gewicht auf mir gelastet hätte, nur so leicht, dass mein Rücken seinen Bauch berührte, wenn ich einatmete. Ich holte immer tiefer Luft, hob am Ende das Becken und die Schultern wie eine auslaufende Welle, um ihn zu spüren. Seine langen Haare fielen über meinen Hals, und das war gut, denn als ich mich unter ihm umdrehte und auf dem Rücken lag, sah ich, dass das Bett vor einem Fenster stand, und die tief stehende Wintersonne schien als Scheinwerfer genau auf mein Gesicht. Ich ertrug es nicht und zog mit beiden Händen seinen Kopf tiefer zu mir, damit seine Haare einen Vorhang bildeten zwischen mir und dem Licht, dabei legten sich seine Lippen auf meinen Mund, und ohne mich zu küssen, blieb er einfach so liegen, bis ich das Gefühl hatte, dass ich immer die Luft einatmete, die er gerade ausgeatmet hatte. Ich weiß nicht, wann er das Kondom übergestreift hatte, vielleicht, als ich auf dem Bauch lag, aber es war mir auch egal. Er leckte die kleine Rinne Schweiß zwischen meinen Brüsten, beugte sich tiefer, küsste den Bauchnabel und legte seinen Kopf auf meinen Oberschenkel, um sich die kleinen Tröpfchen an meinem Pelz ganz genau anzusehen, schließlich öffnete er ihn vorsichtig und atmete über die Härchen, die sich aufstellten. Eine Gänsehaut überzog meine Oberschenkel, und ich fühlte, wie sich die Feuchtigkeit zwischen meinen Beinen verteilte. Als er in mich glitt, hob er den Oberkörper, und ich versuchte, die Augen geschlossen zu halten. Ein gescheckets Muster sah ich, in dem Schwarz etwa der Farbe seiner Haare und in einem ganz fremden Orange und Lila. Er bewegte sich in mir, und es hatte nichts mit mir zu tun, nichts mit meinem Leben oder meiner Familie zu Hause. Ich dachte nur daran, wie er in der Kurve auf der Allee aus dem Nichts aufgetaucht war, wie mein Auto ihn fast gestreift hatte, wie der Wagen schlitterte und schlitterte und einer der Bäume immer näher kam und wie ich einen Moment nicht wusste, ob ich überlebt hatte. Im Grunde war es immer noch so, als ich in diesem Motel auf einem geschmacklos bezogenen quietschenden Bett lag, ich wusste es einfach nicht. Es war so still im Zimmer und in mir, ich erinnerte mich daran, wie mein Sohn aussah und wie mein Mann, aber ich hörte sie beide nicht sprechen. Ich war davon überzeugt, dass auch ich nicht mehr sprechen würde, wenn ich dieses Motelzimmer überhaupt jemals wieder verließ. Und dann fühlte ich dieses Ziehen tief im Inneren, das aus dem Bauch kam, die Oberschenkel

hinunterstrahlte und sich an der Wirbelsäule hoch-
schraubte, bis es mir den Atem nahm, und ich begann
nach Luft zu schnappen, und dieses Ziehen fühlte sich
so lebendig an und so ganz anders als dieses kalte Licht,
so körperlich, dass ich fühlte, wie ich meinen Körper
Stück für Stück wieder spürte, erst den Bauch und den
Rücken, den Hals, die Brüste, selbst Stellen an meinem
Körper, auf die ich vorher nie geachtet hatte wie den
Nacken und die Waden, spürte ich jetzt, als seien kleine
schwimmende Inseln in meinem Körper, die sich zu
einem großen, atmenden, durchbluteten, fleischlichen
Festland verbanden. Ich hörte mich stöhnen. Meine
Stimme presste sich durch den Hals, würgte sich hoch
wie Brechreiz, und ich konnte nicht anders, als sie über
die Lippen zu lassen. Es war keine Anstrengung dabei,
gemeinsam zu kommen. Ich achtete nicht auf ihn und
er nicht auf mich, sondern das, was zwischen uns passierte, passierte einfach. Ich wusste nichts zu sagen anschließend. Er zog sich an, nahm sein Pappschild, band
die Haare zu einem Pferdeschwanz und verließ ohne
ein Wort, ohne einen Blick das Zimmer. Er ging, wie
man das Licht ausknipst, von einem Moment auf den
anderen.
Ich lag da, bis es Nachmittag war. Dann rief ich auf der
Arbeit an, entschuldigte mich und fuhr zurück. Die Allee lag da wie immer. Acker nach Acker bis zur Baumschule, rutschig in den Kurven, und das ständige Knir-
schen und Knacken der Äste und Kastanien unter den
Reifen. Im Rückspiegel traf mich ein gleißender Licht-

schein in die Augen und bohrte einen pupillengroßen Tunnel, der tief bis in die Brust ging und so wehtat, dass ich ihn mit Tränenflüssigkeit überflutete. Ich drehte den Rückspiegel etwas zur Seite, sodass ich nicht mehr geblendet wurde. Vor meinen Augen tanzten violette und orange Punkte. Der Weg nach Hause war kaum zu erkennen. «Wintersonne», dachte ich, «ganz schön gefährlich.»

All inclusive

«Das wird eine heiße Zeit, Heike», hatte meine Chef-
redakteurin gesagt und mir die Schulter getätschelt.
Und das wurde es, wenn auch auf ganz andere Art, als
ich gedacht hatte. Ich hatte früher einmal eine Weile als
Fotografin für sie gearbeitet, mich dann aber selbständig gemacht, weil ich einen Fotoband mit erotischen
Bildern plante und dafür Zeit brauchte. Die Vertretung,
die sie mir anbot, weil meine Nachfolgerin schwanger
geworden war, kam mir in doppelter Hinsicht recht:
Einmal wurde das Geld langsam knapp, und dann ging
mir auch zunehmend die Inspiration flöten. Die Bilder,
die ich bis dahin hatte, beschränkten sich auf Selbstpor-
träts, Aufnahmen von den Brüsten meiner Nachbarin,
die in schaumigem Badewasser schwammen, und dem
nackten Waschbrettbauch eines Bekannten, dem ich
ein ausgestopftes Ziesel auf die Brust gesetzt hatte, das
fand ich witzig, auch wenn zu dem Bekannten besser
ein Stinktier gepasst hätte, ein lebendes am besten,
denn er hielt Fotografinnen für Freiwild, und ich hatte
ihn nur mühsam aus dem Atelier bugsieren können.
Reisen war also genau das Richtige für mich. Seit der
Trennung von meinem Freund vor zwei Jahren war ich
aus meiner Wohnung kaum mehr herausgekommen,

jetzt war es Zeit für neue Ufer, neue Jagdgründe, neue Trophäen. Dass die Trophäe, die ich zehn Tage später in meinem Atelier an die Wand nageln würde, grün und schuppig war … aber dazu später mehr.

Ich reise gerne. Aber ich hasse Fliegen. Dabei fing alles so schön an: Ich hatte noch etwas Zeit und beschloss, in der Lounge auf Toilette zu gehen, Frauen müssen ja ständig und überall aufs Klo, da mache ich keine Ausnahme, ich sehe ein WC-Zeichen und muss, das ist genetisch oder anerzogen, keine Ahnung. Und an der Kachelwand des Waschraums hatte sich offensichtlich ein hormonübersteuerter Notgeiler mit Triebstau vergangen. «Willst du so richtig befickt werden?», stand da. «Schreib mir die Nummer deiner Möse auf, und ich ruf an.» Ich grinste. Meine Möse hat kein Telefon, und sprechen kann sie auch nicht, aber so wörtlich hatte der Gute das sicher nicht gemeint. Eine Zeile drunter ging es weiter: «Lass dich anvögeln! Durchlecken! Wegbumsen!» Mann, der hat eine Vorliebe für ausgefallene Vorsilben. Ich stellte mich in Positur und fotografierte die Wand. Vielleicht würde das ein schönes Cover für mein Buch werden. Ich machte auch einige Aufnahmen, in denen man mich selbst im Spiegel sah, während ich die Wand ablichtete, und weil die Lounge noch sehr leer gewesen war, knöpfte ich meine Bluse auf, hob eine Brust aus dem BH-Körbchen und wiederholte die Aufnahmen mit entblößter Brust. Ich fühlte mich prima. Der Arbeitstrip fing gut an, und ich freute mich auf die Sonne und Pina Coladas am Strand.

Im Flugzeug, ich hatte es ja geahnt, saß ich in einer Reihe mit einer jungen Familie. Zwei kleine Kinder turnten über die Sitze, und die Eltern keiften abwechselnd «lass datt, Schantall» (mit Betonung auf «Schan») oder «isch knall dir jleisch eine, Schajenn» (wieder mit Betonung auf der ersten Silbe), Chantal und Chayenne, die armen Kleinen, mit Nachnamen heißen sie wahrscheinlich Dorstenbüttel oder Schmitt. Da kann man drauf wetten: Je asiger die Eltern, je kösiger die Pullis ihrer Kaulquappen, je verklebter das Gestrüpp auf ihren Zwergenköpfen, desto origineller die Vornamen, und desto falscher sprechen die eigenen Eltern die dann aus, es ist eine Plage.

Ich versuchte, die vier zu ignorieren, und nahm mir die Unterlagen meiner Chefin vor, die im Büro kaum Zeit gehabt hatte, mir den Job zu erklären. Ich sollte also eine Fotostory schießen über einen neuen Club in der Dominikanischen Republik. Das war ungewöhnlich. Immerhin war das Blatt, für das ich da unterwegs war, keine Reiseillustrierte, sondern hatte andere, eher tiefer gelegte Schwerpunkte. «Körperflüssigkeiten» war bei Redaktionskonferenzen immer das Stichwort gewesen. «Denkt an die Körperflüssigkeiten, das Blatt muss triefen vor Schweiß und Muschisaft, wenn es fertig ist.» Und das aus dem Mund einer promovierten Kunsthistorikerin, die meine Chefin immerhin war. Soweit ich das sehen konnte, hatte der Fünf-Sterne-Club, wo ich zehn Tage verbringen würde, ein ganz besonderes Konzept. «All inclusive», so las ich, «bezieht sich bei uns nicht nur auf Essen und Trinken, Sport und Spiel, sondern wir sorgen mit unserem internationalen Personal für absolut alle leiblichen Genüsse.» Aha, das klang viel versprechend, und ich lehnte mich zurück und lächelte. Der Club hatte seine fünf Sterne wirklich verdient. Jeden einzelnen davon. Die Zimmer waren mit riesigen Betten und marmornen Badezimmern bestückt. An der Wand befand sich eine ganze Knopfleiste für unterschiedliche Dienstleistungen, «Küche», las ich da, «Massage», «Boy», «Reinigung», «Service». Was mit Letzterem gemeint war, hätte ich mir denken können, aber ich war ja gerade erst angekommen und wusste noch nicht so ganz, wie ich mir das hier vorstellen sollte. Ich zog mir einen Bikini und einen Pareo an, schürte mir das Club-Armband ums Handgelenk, schulterte meine Fototasche und ging zur Strandbar.

Es war so heiß, dass ich ganz vorsichtig atmete. Die Luft flimmerte, und die Sonne wurde vom Meer so reflektiert, dass es zu sehr blendete, um lange hinzusehen. Zunächst wirkte alles wie die Clubs, in denen ich bisher Urlaub gemacht hatte, nur schicker natürlich. In grüngoldene Kacheln eingelassen lag ein riesiger Pool mit kleinen Wasserfontänen auf einer Anhöhe, sodass man beim Schwimmen den weißen Sandstrand und das Meer sehen konnte. Unter Palmen stand eine Bar in Form einer riesigen Kokosnuss, an der zwei dickbäuchige kalkweiße Michelinmännchen mit Ruhrpottakzent zwei hübsche Mäuse anbaggerten. Kann mir das mal einer erklären? Wieso sich so hässliche Männer immer an die schönsten Frauen rantrauen und ungeniert drauflosbaggern. Eine Frau würde das nie machen. Die sucht sich instinktiv einen Mann in der eigenen Attraktivitätsklasse. Aber Männer glauben, zwei haarige Schrumpfköpfchen und ein gestauchter Aal-Torso zwischen den Beinen bewiesen ihre göttliche Abstammung. Als würde die Wichtigkeit einer Person mit der Anzahl ihrer Schweißdrüsen und Brusthaare steigen, ehrlich.

Ich knotete den Pareo auf und legte mich im Bikini auf die einzige noch freie Liege am Pool. Neben mir schnatterten zwei Freundinnen mit Fünfzigerjahre-Sonnenbrillen und langen pink lackierten Krallen, und rechts lasen sich drei ältere Damen flüsternd die schärfsten Stellen aus Playgirl-Magazinen und Büchern vor, wobei ich eines auch kannte, das schlicht «Mehr Sex» hieß und bei dem die Damen noch viel zu flüstern haben würden.

Kaffeebraune Mädchen in eisblauen Badeanzügen und junge Männer in metallischen Badehosen verteilten Cocktails, brachten Badetücher und verstellten die Sonnenschirme so, wie die Gäste es wünschten. Ich räkelte mich auf meiner Liege und fragte mich, wieso meine Chefin so geheimnisvoll getan hatte, als sie mich herschickte, gut, es hatte offensichtlich noch keine Illustrierte über den Club berichtet, aber wieso auch. Da schnippte die Fünfzigerjahre-Sonnenbrille neben mir mit den Fingern und winkte einem Boy mit schulterlangen Rastalocken zu. Der stellte augenblicklich

sein Tablett ab und eilte um den Pool herum. «Sie wünschen?», fragte er und lächelte höflich. «Sindbad, oder
wie du heißt», sagte sie und nahm die Hand mit dem
Clubarmband über den Kopf. «Ich langweile mich etwas. Ich denke, ich würde gerne ein bisschen geleckt
werden, bevor ich mich im Pool abkühle.» Der Boy lächelte immer noch, hauchte «aber gerne» und beugte
sich über sie, um die Schleifen an ihrem Bikinihöschen
zu lösen. Ihre Freundin sah ihr über den Rand der Sonnenbrille hinweg zu. «Pass auf», sagte die Erste, «er
kann das wirklich gut.» Sindbad legte das winzige
Stück Stoff auf die Lehne des Liegestuhls. Die Frau
rutschte etwas tiefer und legte ihre Waden ebenfalls auf
die Lehnen. Ihr Pfläumchen war ratzekahl rasiert, entweder eingeölt oder schon sehr feucht, denn es glänzte
in der Sonne wie poliert. Die wispernden Damen neben mir verstummten. Sindbad kniete sich auf die Kacheln, strich über die Innenseiten der Oberschenkel der
Urlauberin und hauchte mit vorgestülpten Lippen gegen die bräunliche Haut. Eine Gänsehaut pockte sich
auf, die Bauchdecke zitterte. Er strich mit den Fingerkuppen weiter hinauf, neben den Schamlippen zum
Bauch und setzte die Daumen in der Mösenspalte auf.
Er spreizte die Muschi mit ganz behutsamen Fingern,
als würde er eine kostbare Muschel öffnen, und ich hätte schwören können, dass es ein lautes, deutliches
Schmatzgeräusch gab, aber das mag auch daran liegen,
dass ich seit Monaten nicht mehr gefickt und noch niemals jemandem beim Lecken zugesehen hatte und ich

jetzt scharf war wie eine Peperoni. Sindbad sah sich die Muschi genau an, als wollte er auf einer Landkarte den besten Weg finden, dann beugte er sich vor und strich mit der Zungenspitze genau in der Mitte vom Mösen-eingang bis hoch über den Kitzler. Die Frau brummelte behaglich: «Nimm mal die Haare zurück, meine Freun-din sieht ja gar nichts.» Sindbad gehorchte, und die Freundin setzte sich auf und drehte sich herum, sodass sie alles genau im Blick hatte. Sindbad streckte die Zungenspitze ein wenig heraus und presste die Lippen zusammen, sodass es aussah, als hätte er einen kleinen Rüssel, einen Saug- und Leckrüssel, einen Fickrüssel, der sich, das wusste ich gleich, den Mösenfalten genau anpassen und über den Kitzler gleiten würde wie ein glitschiger weicher Deoroller. Ich rutschte mit dem Po hin und her und hatte Herzklopfen. Sindbads ganzer Mund war in der Möse verschwunden, die Tastphase war vorbei, jetzt wühlten sich seine Lippen hinein, saugten am Kitzler, er schnorchelte, leckte und stülpte die Zunge vor, sodass er mit der noppigsten, breitesten Stelle über die glitschige Pflaume gleiten konnte. Die Urlauberin fing an zu stöhnen, und es dauerte gar nicht lange, da stieß sie kleine spitze Schreie aus, und ihre Beine auf den Lehnen ruckelten. Sindbad schob eine Hand unter ihren Hintern, massierte mit dem Daumen ihr schon feuchtes Poloch und schob ihr den Mittelfin-ger der zur Faust geballten anderen Hand in die nasse Muschi. Er wartete einen Moment, in dem er wieder nur gegen ihren Kitzler hauchte, dann fing er an, rhythmisch darüber zu lecken, und fickte sie mit dem Finger, mal gerade rein und raus, mal in Kreisen, sodass seine Faust ihren Möseneingang massierte. Das war ein zu gutes Motiv, um es nicht zu fotografieren. Ich sah die Frau fragend an, ob sie etwas dagegen hatte, die nickte, und ich richtete das Objektiv genau auf Sindbads Mund und ging mit dem Zoom so nahe heran, dass ich gerade noch seine Finger in der Möse auf dem Bild hatte. Die Freundin hatte ihre Sonnenbrille ins Haar geschoben, starrte auf Sindbads Hände in der rasierten Muschi und winkte sich dann, ohne hinzusehen, eines der Mädchen her. Schweigend schob sie ihren Tanga beiseite. Das Mädchen fragte gar nicht lange, kniete sich hinter sie auf die Liege, fasste ihr mit der einen Hand zwischen die Beine, um die Muschi zu reiben, und knetete mit der andern die perfekten, mit Sicherheit chirurgisch korrigierten Brüste, die prall und rund in der kaffeebraunen Hand der Creolin lagen. Beide Frauen japsten, als sie kamen, die Freundin setzte ihre Brille wieder auf die Nase, und die andere sprang nach einer kurzen Verschnaufpause in den Pool. Die Damen neben mir flüsterten wieder. «Ach bitte», rief die eine dem jungen Mann, «machen Sie mir das doch auch, ja?» Sindbad nickte lächelnd, kniete sich vor sie hin, bog ihre Beine zurück und bot uns eine Zugabe. «Ist das denn geil?», fragte eine der Damen, und die Beleckte nickte selig. Die beiden Michelinmännchen vom Pool hatten die ganze Szene beobachtet und zogen sich jetzt mit zwei Mädchen zurück, vielleicht fickten sie sie im

Whirlpool, der hinter der Bar lag, oder sie hatten eine speziellere Vorliebe und suchten eines der «Erziehungs-Studios» auf, für die im Prospekt geworben wurde.

«Das ist etwas gewöhnungsbedürftig, ne? Aber nett, oder? Es ist wirklich nett hier», sagte eine Stimme neben mir. Ich drehte den Kopf. Ein Pärchen breitete seine Handtücher aus und setzte sich darauf. Die Frau war sehr groß, mit einem roten Pagenkopf und einem breiten, herzlichen Lächeln. Der Mann überragte sie noch um ein Stückchen und trug ihre durchsichtige Plastiktasche mit Mickey-Mouse-Badeschlappen und einer Ausgabe der «Buddenbrooks». «Sandra und Daniel», stellten sie sich vor, «wir sind auf Hochzeitsreise. Das hier», sie lachte, «hatten wir uns allerdings nicht vorgestellt.» Und sie erzählten, dass sie aus Versehen zweimal auf den Service-Knopf in ihrer Suite gedrückt hätten, worauf wenige Minuten später eine ganze Gruppe ins Zimmer marschiert sei, um eine wilde Orgie zu feiern. «Ich kann heute noch kaum sitzen», lachte Sandra und bat Daniel, ihr irgendetwas mit Wodka von der Bar zu holen. Die beiden gefielen mir. Und ich erzählte ihnen von meinem Auftrag, dem Buch und meinen letzten Geschichten, die ich für die Zeitschrift gemacht hatte. «Vor zwei Jahren haben sie mich nach Finnland geschickt, in ein Dorf, das Kutemajärvi heißt, echt wahr, das gibt es. Da war mal ein Sex-Festival für Alte. Ein ganzes Waldgebiet war abgetrennt worden, alle ab 45 konnten in kleine Blockhütten einziehen und sich wild durch Saunen, Hütten, Seen und Wälder ficken. Die

waren völlig begeistert. Zwanzig Leute auf einer Wald-
lichtung in den abenteuerlichsten Positionen, über
Baumstämme gelegt oder im Wasser paddelnd. Japaner,
Finnen, Deutsche, Amerikaner, alles durcheinander.
Der ganze Wald grunzte. Es war klasse. Ich habe ein
Foto gemacht, das auch etwas zensiert aufs Cover gekommen ist, da sieht man nur ein Geknäuel aus Beinen
und Hintern auf einer Wiese, und etwas abseits in einer
offenen Saunatür steht in jeder Menge Nebel ein ganz
altes Paar, die waren bestimmt hundertvierzig zusammen, die sich das Ganze grinsend ansehen und sich dabei abpetten. Es war so gut.» Sandra und Daniel kicherten und fingen an, sich gegenseitig mit Sonnenöl
einzureiben. Mir kam eine Idee. «Was haltet ihr davon,
wenn wir ein paar Fotos machen?», fragte ich. «Unten
am Strand, wenn die Sonne gleich untergeht.» – «Nicht
unter Palmen», unterbrach mich Sandra, da fallen
schon mal Spinnen und große Käfer runter, und dann
bekomme ich einen Schreikrampf.» Das konnte ich absolut nachvollziehen, und ich versprach, mich aufs
Wasser zu konzentrieren.
Die Sonne der Dominikanischen Republik ist eine
ganz andere als unsere, dachte ich sofort. Sie war so rot,
dass man die Augen schließen musste, und es kam mir
vor, als käme sie im Sinken immer näher an mich heran
und zöge mich in sie hinein. Wir gingen ein paar
Schritte am Strand entlang und fanden ein Fischerboot,
über dem Netze zum Trocknen hingen. Die beiden waren gut, wie jung verheiratete Liebespaare eben sind,

ganz in sich versunken und gleichzeitig sehr aufeinander eingespielt. Beide hatten nicht die geringste Kamerascheu, zogen sich bereitwillig aus und stellten sich in Pose. Nachdem wir einige Bilder im Stehen und im Wasser gemacht hatten, kam ich auf die Idee, sie liegend im Boot zu fotografieren. Wir stemmten uns zu dritt gegen das Holz, aber nichts rührte sich. Wir versuchten es noch ein paar Mal, aber es ging einfach nicht. Daniel richtete sich auf und sagte: «Wenn ich eins zu Hause auf unseren Baustellen gelernt habe, dann: immer Fachmänner ranlassen.» Er steckte Daumen und Zeigefinger in den Mund und pfiff durchdringend.

Es dauerte keine drei Minuten, und zwei Männer aus dem Club kamen uns zu Hilfe. Ali, der marokkanische Schlangenbeschwörer, der allabendlich als Gaststar in einer Show auftrat, in der er ein Dutzend großer und kleiner Schlangen über ein nacktes Mädchen kriechen ließ, und ein anderer Mann mit glatt rasiertem Schädel und dicht bewimperten Mädchenaugen. Also, wenn ich ein Kosmetikkonzern wäre, ich würde ihn kidnappen für eine Mascara-Werbung, so was Schönes. Gemeinsam kippten wir das Boot um. Ich klopfte mir die Hände am Pareo ab und scherzte zu ihm: «Na klasse, mein Name ist Hulk!» – «Sehr angenehm», sagte er leise und höflich und sah schüchtern auf den Sand, «mein Name ist Ramon.» Ich verkniff mir das Grinsen, weil er so goldig lächelte, und streckte ihm die Hand hin, «nein, Heike, ich heiße Heike», stotterte ich.

Ich hatte mich gerade verliebt.

Ali begleitete mich zu meinem Zimmer und schwärmte dabei die ganze Zeit von Daniels männlichem Körper und wie gerne er ihn einmal in Lackwäsche sähe. Ich hörte nur halb hin. Ramon ging mir nicht mehr aus dem Kopf. Er wirkte auf mich so verträumt und unschuldig, ganz anders als die Boys im Club, die ständig grinsten, sich von den Gästen an den Po fassen ließen oder mit Paaren aufs Zimmer verschwanden. Aber ich wusste ja, dass Ramon diesen Job auch machte, und ich beschloss, das Schicksal herauszufordern. Ich schlüpfte in eine geschnürte Corsage und läutete nach dem Service. Unten in der Bar, wo sich die Zimmer-Schicht aufhielt, sah man an einer Tafel mit vielen kleinen Lämpchen genau, welches Zimmer gerade geklingelt hatte. Und ich wusste von Ali, dass Ramon heute Nacht arbeitete. Wenn er also käme, hatte er auch Interesse an mir, wenn ein Kollege von ihm auftauchte, würde ich ihn vergessen. Es klopfte.

Draußen im Hotelflur stand Ramon und sah mich schüchtern an. Ich zog ihn herein und sagte ihm, wie froh ich wäre, dass gerade er zu mir gekommen sei. Er zog mich an sich, strich mir übers Haar und murmelte, ich sei etwas ganz Besonderes, er fühle sich, als würde mein Herz in seinem Körper schlagen, er kenne sich gar nicht mehr wieder. Glücklich fiel ich aufs Bett. Ramon war ein Weltmeister im Küssen, seine Zunge schlängelte sich in meinem Mund wie eine Wasserschlange, und dabei löste er mit einer Hand die Schnüre meines Korsetts. Er machte keinen Job, er gab sich hin, das fühlte ich ganz genau. Er war komplett rasiert, die Hoden und die Haut um den Schaft herum waren weich und seidig, und ich küsste und leckte seinen Schwanz, bis er hart aufgerichtet war. Er saß an die Wand gelehnt auf dem Bett, und ich lag über seinen Oberschenkeln auf der Seite und lutschte an seiner Eichel, während er meine seimige Muschi streichelte und den Kitzler mit den Fingerkuppen antippte, als wollte er ein ängstliches Tier hervorlocken. Dabei sah er mich bewundernd an, meine schweren Brüste, die weiße Haut, den kleinen blinkenden Stein in meinem Nabel. «Du bist mein Stern», flüsterte er, «mein funkelnder Stern.» Ich drehte mich um und ließ ihn meinen Po streicheln, er walkte und knetete ihn, zog die Backen auseinander und leckte die Falte dazwischen, das war neu für mich, und nachdem ich mich ein paar Sekunden geschämt hatte, genoss ich es und stöhnte. Dann reichte es mir nicht mehr, ich wollte ihn tief in mir spüren. Ich krabbelte auf alle viere und streckte ihm mein Hinterteil entgegen. Er zog sich ein Gummi über, alle vom Club hatten an ihren Badeanzügen und Shorts kleine Taschen mit Kondomen, und kniete sich hinter mich. Sein feuchter Daumen fuhr langsam über meine Porille, hielt am Loch an, massierte. Seine Schwanzkuppe folgte dem Daumen, aber ich schüttelte den Kopf, und er schob mir seinen Schwanz in die Scheide. Ich musste an die Toilettenwand vom Flughafen denken, an den merkwürdigen Ausdruck «befickt werden», und ich wusste, es war genau das, was ich wollte. Ich kniete da, den Hintern hoch in der Luft, und wollte von seinem kaffeebraunen Schwanz durchgevögelt werden, bis mir die Luft wegblieb. Er bewegte sich in mir, ich stieß dagegen. Ich legte mich auf eine Schulter und griff mit der Hand unter mir hindurch zu meiner Muschi. Im Takt seiner Stöße rieb ich über meine Clitti, bis mir der Saft über die Finger tropfte. Ramon legte sich weiter vor, meine Knie gaben nach, er lag ausgestreckt über mir und fickte mich mit kleinen Stößen. Meine Muschi rieb bei jedem Ruck über meine Hand. Ich fühlte, dass ich gleich kommen würde, und sagte laut und deutlich: «Stop. Hör auf.» Ramon wartete auf meine Anweisungen. Ich schlüpfte aus dem Bett und stellte mich vor den Spiegel, die Hände und ein Knie auf den Schminktisch aufgestützt. Vom Schminken kann mir keiner was erzählen, diese Tische sind zum Ficken gedacht. Ramons Schwanz war schnell wieder in mir drin, er langte unter mir hindurch und tippte im Takt auf meinen Kitzler. Es dauerte nur einige Sekunden, und ich fühlte, wie es mich überrollte. Er hielt sich noch zurück, fickte mich während meines Höhepunktes weiter und ließ seinen erst zu, als ich ganz fertig war. Er zog sich zurück, drehte mich zu sich herum, setzte mich auf den Tisch und leckte meine durchgefickte Möse. Nicht, um mich wieder aufzugeilen, sondern weil er spürte, dass jede Berührung mit den Händen jetzt too much gewesen wäre. Seine Zunge wischte leicht und geschmeidig wie ein zartes Streicheln über meine Schamlippen. Dann trug er mich ins Bett, deckte mich mit einem leichten Laken zu und flüsterte in mein Ohr, wie schön ich sei. Er blieb, bis ich einschlief, und ich habe nicht mehr gehört, wie er das Zimmer verlassen hat.

Im Halbschlaf erinnerte ich mich an meinen letzten Freund. Mit ihm war es nie so gewesen. Na ja, netten Sex hatten wir auch gehabt, aber es war immer etwas verschämt. Ich hatte oft das Gefühl, er hielte sich im Grunde ganz raus aus unserer Beziehung, als müsse er sich verstecken. Einmal hatten wir in einem Hotel in Saarbrücken übernachtet. Und nach dem Ficken hatte er das Kondom zugeknotet und hinter sich geworfen, wie er es immer machte. Dabei war das Kondom auf die Wand geklatscht und da wegen des Rauputzes geplatzt. Zurück blieb ein weißlicher Fleck. Er war sofort aus dem Bett gesprungen. Alle meine Beteuerungen, das trockne doch sowieso bald, hatten nichts gebracht. Mitten in der Nacht stand mein Freund vor der Wand und föhnte seinen Spermafleck vom Rauputz. Mehr muss man dazu, glaube ich, nicht sagen.

Am nächsten Morgen zwinkerte Ramon mir beim Frühstück zu und sagte, er habe sich extra in die Außenschicht versetzen lassen, um heute bei meinem Ausflug mitkommen zu können. Wir wollten eine Zigarrenfabrik besichtigen und das Hinterland näher kennen lernen. Sandra und Daniel waren auch dabei, und ich fühlte bei Daniel vor, ob er sich eine Nacht mit Ali vorstellen könne. Ali hatte mich noch vor der Abfahrt darum gebeten, weil ihm Daniel nicht mehr aus dem Kopf ging. Aber Daniel grinste nur und umarmte seine Frau, ich kam nicht mehr auf das Thema zurück. Ramon saß vorne neben dem Fahrer, lächelte mir hin und wieder zu und erzählte über ein Micro etwas von der Gegend, die wir sahen. Aber ehrlich gesagt: Viel bekam ich davon nicht mit, Ramons Augen, seine Schultern in dem bunten Hemd, seine Stimme ließen mich immer wieder von der vergangenen Nacht träumen. Einige Reihen hinter meinem Platz gab es plötzlich Tumult.

Eine Frau schrie, und ein junger Mann mit kölschem Akzent lachte meckernd. Sandra beugte sich zu mir und erklärte mir, der Mann habe wohl neben der Zigarrenfabrik eine Gürteltasche von einem fliegenden Händler gekauft, und man wisse ja, dass darin illegal Vogelspinnen verhökert würden. Mir stellten sich die Nackenhaare auf. Das hatte ich nicht gewusst. Und ich hatte panische Angst vor Spinnen. Ich schlief nachts in der tropischen Hitze mit geschlossenem Fenster, um nicht neben so einem Vieh aufzuwachen, und manchmal schreckte ich hoch, weil ich glaubte, es habe mich etwas berührt. Ich fing an zu schwitzen, meine Beine waren schwer wie Blei, und mein Herz klopfte so, dass es jeden Moment den Brustkorb sprengen würde. Ich konnte es förmlich fühlen, wie meine Halsschlagader anschwoll und sich der Bus um mich zu drehen begann. Sandra winkte Ramon zu sich und zeigte auf mich, ich atmete nur noch stoßweise. Ramon gab dem Fahrer sofort die Anweisung zu halten, nahm dem Mann die Gürteltasche weg, leerte sie draußen aus und gab sie dem verdutzten Mann im Bus wieder. «Naturschutz!», klärte ihn Ramon auf, «die dürfen Sie nicht kaufen.» Am liebsten wäre ich ihm bereits im Bus um den Hals gefallen, aber das ging natürlich nicht. Dazu hatte ich dann abends Gelegenheit.

Ich traf Ramon am Strand. Die anderen Gäste waren beim Abendbuffet. «Ach Spinnen», sagte Ramon, «die sind mir egal. Schlangen sind was anderes, also Alis Nummer würde ich nie machen, diese ekligen Viecher, aber Spinnen, na ja, die tun doch keinem was. Und so eklige Geräusche wie Schlangen machen sie auch keine.» Ich konnte das zwar nicht nachvollziehen, war ihm aber hölledankbar für meine Rettung und umarmte ihn. Anschließend trieben wir es am Strand, aber das war weit weniger romantisch, als man es sich immer vorstellt. Man muss immerzu den Hintern hochhalten, damit kein Sand dazwischenkommt und man sich wundfickt. Außerdem wehte mir beim kleinsten Windhauch Staub in Augen und Mund, es knirschte beim Küssen, und direkt neben uns standen Palmen. Ich erinnerte mich an das, was Sandra gesagt hatte, und wollte bei diesem Fick auf jeden Fall nur vier Beine, nämlich Ramons und meine, dabei haben und nicht noch zusätzliche acht.

Der nächste Tag musste ein Arbeitstag werden, das ging nicht anders. Ali holte mich beim Frühstück ab und zeigte mir die Anlage. Ich wollte ihm nicht das Herz brechen und log ihn an, ich sei mir über Daniel nicht ganz im Klaren und würde ihn im Laufe des Tages noch einmal fragen. Ramon war nirgendwo zu sehen. Krank gemeldet, erklärte mir Ali, und ich lächelte. Ramon war so ganz anders als die Männer, die ich bis dahin kennen gelernt hatte, so sensibel und rücksichtsvoll. Natürlich wollte er nicht mehr im Club über fremde Urlauberinnen steigen, jetzt, wo wir ein Paar waren. Ich überlegte, ob er sich in Maastricht, wo ich wohnte, wohl fühlen würde. In Holland leben viele farbige Menschen, da kommt man gut miteinander klar. Wir könnten es ja mal probieren, überlegte ich, als Ali mir in die Seite boxte und zum Pool zeigte. «Guck mal, geht wieder los.» Unten am Pool, so las ich in meiner Broschüre, fand nun das statt, was als «besondere Animation» angekündigt war. Ein Fick-Spektakel. Genau das Richtige für meine Story. Sandra und Daniel sah ich nirgendwo, die Jungvermählten blieben wohl lieber unter sich, statt sich am Pool an einer Orgie zu beteiligen. Ali und ich gingen näher.

«Also», rief eine platinblonde Schönheit mit französischem Akzent, «das sind die Spielregeln: Gefickt wird nur mit Kondom. Es ficken nur die mit, die nackt sind. Wer etwas anhat, und sei es nur einen Hut, kann zusehen und wird nicht angefasst. Runde eins sieht so aus: Die Frauen bilden eine Reihe und knien sich auf allen vieren auf die vorbereiteten Polster. Die Männer stellen sich hinter sie, stoßen dreimal, dann geht jeder zur nächsten Frau rechts weiter. Wer abspritzt, ist raus und bleibt bei seiner Partnerin stehen. Sind zehn Männer übrig, erhalten sie eine Plakette und dürfen abspritzen. Alle Frauen werden von ihren momentanen Partnern bis zum Orgasmus geleckt. Wer zuerst kommt, erhält eine Plakette. Dann kommt die zweite Runde. Wer am Ende die meisten Plaketten hat, ist Sieger und gewinnt etwas Schönes.» Es war schon erstaunlich. Der Reigen fing an, die Frauen lachten und versuchten, die Männer mit frechen Sprüchen und wackelnden Hinterteilen aus dem Takt zu bringen. Ich fotografierte lange Reihen von blanken Hintern, eine Parade steiler Schwänze und am Ende nach vier Runden den doch etwas wacklig auf den Beinen stehenden, aber strahlenden Sieger, der eine Nacht mit vier creolischen Beautys im Gelatinepool gewann, eine Dienstleistung, die man eigentlich extra bezahlen musste. Die Siegerin, eine brünette Pummelige mit wunderschönen Wangenknochen und einem glänzenden Bubikopf, würde ein Luxusdinner, serviert auf den schönsten Boys des Clubs, genießen. Noch während der Siegerehrung und den etwas japsenden Dankesworten des Fickpaares der Woche ging ich zurück zu meinem Zimmer, um die Fototasche einzuschließen. Vor meiner Tür stand ein riesiger, prall gefüllter Obstkorb mit Kokosnüssen, Blumen und einer ganzen Reihe Kondomen. Ich grinste. Ramon war ein Schatz. Ich würde gleich nachher zu den Angestelltenquartieren laufen, um den Korb mit ihm zu plündern. Bei dem, was ich gerade gesehen hatte, würden die Kondome wahrscheinlich gerade reichen, und ich stellte mir vor, wie Ramon in seinem Quartier lag und von mir träumte.

Aber Ramon lag nicht in seinem Quartier, und er träumte auch nicht von mir. Ich sah ihn mit Sandra und Daniel neben der Rezeption stehen. Daniel zwinkerte mir zu und sagte: «Heike, hast du unser Geschenk bekommen? Ich dachte, den plündern wir drei heute Abend zusammen.» Ich versuchte, die Fassung zu bewahren, der Korb war also nicht von Ramon, und krank war er auch nicht. Es kam noch schlimmer. Ramon würdigte mich keines Blickes. «Natürlich. Bis gleich dann», murmelte er zu dem jungen Paar und verschwand. Wütend und verletzt rannte ich nach draußen und lief Ali in die Arme. Obwohl das vielleicht nicht ganz fair war, erzählte ich ihm nicht nur von Ramon, sondern auch, dass Daniel nichts von ihm wissen wollte. Ali dachte eine Weile nach. Es stimmt schon, dass er es zuerst sagte, aber die Idee war im Grunde von uns beiden.

Die Grillen zirpten nicht, sie schrien so laut, dass man unsere Schritte im Zimmer nicht hören konnte. Gerade noch rechtzeitig hatten wir uns aus dem Staub machen können, bevor Sandra und Daniel oder Ramon uns in ihrer Suite erwischten. Ramon umarmte Sandra und schmeichelte: «Mein Stern, mein funkelnder Stern, es ist, als schlüge dein Herz in meiner Brust.» Ich hätte ihn abmurksen können. Die drei fielen aufs Bett und fingen an, sich zu küssen. Ramon war schon ausgezogen und nestelte an Daniels Shorts, als er plötzlich wie von der Tarantel gestochen aufsprang und schreiend durch das Zimmer lief. Er war bleich wie der Sand am Meer unten, und er stotterte, dass es eine Freude war. Seine Säuseleien sollten ihm im Hals stecken bleiben.

Jetzt sprangen auch Daniel und Sandra aus dem Bett. Für die beiden tat es mir zwar Leid, aber sie würden es schon überleben. Daniel riss die Bettdecke weg. Auf dem Laken wand sich ein Dutzend Schlangen, allesamt ungiftig natürlich, aber das sah man ihnen ja nicht an. Der Fick mit Ramon, meinem Ramon, war ihnen jedenfalls gründlich vergangen.

Eine Schlange, die für die Verwicklungen ja eigentlich am wenigsten konnte, fiel unserer Rache leider zum Opfer. Ramon erschlug sie in seiner Panik mit einer Stehlampe. Bevor die Geschäftsführerin den Tatort besichtigen konnte, hatten Ali und ich alle Indizien beiseite geschafft. Die tote Schlange packte ich in eine große Tupperdose, um sie durch den Zoll zu schmuggeln und zu Hause an die Atelierwand zu hängen, als warnende Trophäe für jeden, der beabsichtigte, mein Herz zu brechen.

Ali und ich saßen noch lange an der Bar, lachten und tranken eimerweise Pina Coladas.

Und die schmeckten so süß!

Die Ladenhüterin

Robert unterschied sich von den meisten anderen Männern dadurch, dass ihn Drogerien nicht hysterisch machten und er sogar eine Packung Tampons für seine Freundin Maren besorgen konnte, ohne Ausschlag oder Asthma zu bekommen. Die meisten Kerls aus seiner Kneipenrunde bekamen bei solchen Anlässen diesen ganz besonderen Blick, hatte Maren festgestellt: wie ein entlaufenes Pony, das versehentlich in eine Autowaschanlage geraten ist. Dieser Blick spiegelte eine Mischung aus Panik und Koma: Sie irrten ziellos durch die Drogerie, fassten alles Mögliche an, ob Antifaltencremes oder Glitzerhaarspangen, und zogen die Finger so schnell zurück, als befürchteten sie, allein durch die Berührung mit einer Tube Enthaarungscreme schwul zu werden. Andere sprinteten durch die Gänge, warfen ihr Deo oder Rasierwasser aufs Laufband an der Kasse und atmeten erst wieder, wenn sie draußen standen, und beschlossen, sich zur Belohnung und Vermännlichung eine Runde durch den Baumarkt zu gönnen.

Robert war anders. Er war cool, wirklich cool. In die Drogerie am Markt ging er sogar regelmäßig. Er strich um die Intimwaschlotionen herum und badete in Gedanken zwei Teeniemädchen, die vor dem Regal stan-

den, darin. Pelzige Teeniemädchenmuschis, klein wie
haarige Pfläumchen. Dann sah er die Verkäuferin. Sie
war groß, hager und gelblich, wie ein Spargel auf Stel-
zen. Biestig sah sie ihn an und kratzte sich über die
Wange, was ein Geräusch ergab, als würde man eine
alte Raufasertapete von der Wand schaben. Robert
schüttelte sich. Die würde nie einen abkriegen, die hatte den Charme eines Insektenvernichtungsmittels und
würde hier noch Klopapier verkaufen, bis man sie mit
den Füßen zuerst raustrug. Robert mochte cool sein,
freundlich war er nicht gerade. Er schlenderte weiter,
und da stand sie, die mit den feuerroten Haaren, und
blätterte in einer Illustrierten.

Robert verachtete Männer, die auf die Frage, wohin sie
bei einer Frau zuerst achteten, immer «in die Augen»
oder «auf die Stimme» säuselten. Interviewschleimer.
Frauenzeitschriftenleser. Ihn interessierte erst mal das
Wesentliche an einer Frau, und dazu stand er auch: Busen und Hintern. Robert hatte eine ganz eigene Geo-
metrie entwickelt, die er in seiner Kneipe nach dem
dritten Pils gerne jedem erzählte, der sie noch nicht
kannte: Die Brüste einer Frau, so hatte er nämlich festgestellt, müssen, um perfekt zu sein, von oben gesehen
genau die gleiche Wölbung nach unten beschreiben wie
von unten gesehen die Hinterbacken eine aufstrebende
Wölbung. Außerdem, und das war seine zweite Er-
kenntnis, steht der perfekte Busen zum perfekten Hintern in einem Verhältnis von eins zu zwei, das heißt, ein
guter Po sieht aus wie ein guter Busen, nur ist er dop-

pelt so groß, hat weder Vorhöfe noch Nippel und ist natürlich auf der anderen Seite der Frau und entsprechend tiefer. Außerdem sind Konsistenz und Charakter gegensätzlich: weich und anschmieglich oben, prall und fordernd unten. Roberts Freunde grölten an dieser Stelle wie ein Rudel Walrösser, die man mit Ecstasy abgefüllt hatte, und prahlten mit Erinnerungen, wie sie ihre Walrossschwänze zwischen den Brüsten bzw. Pobacken diverser, allen bekannten Frauen platziert hatten, wie es sich wo am besten rieb oder aus welchem Winkel man am besten stoßen konnte. Robert beteiligte sich an dieser Diskussion nicht, sondern schwieg wissend.

Er hatte ein strenges Auge, aber, und darauf war er stolz, ein gerechtes. Und hier in diesem Fall der Frau am Illustriertenstand stimmte einfach alles. Er griff demonstrativ nach einer Packung Noppenkondomen, damit die süße Maus gleich wusste, dass er ein Lover der Terminator-Klasse war. Die Rothaarige bummelte hinter ihm her, viel zu auffällig, er lächelte in sich hinein und lächelte auch noch, als sie ihm kurz nach der Kasse die Schiebetür nach draußen versperrte. «Hasta la vista», sagte er lässig. «Darf ich mal in Ihren Rucksack sehen?», sagte sie ebenso lässig, nur lauter als er. Robert zuckte zusammen. Rundum verstummten die Gespräche. Die Zuckermaus streckte ihm für den Bruchteil einer Sekunde einen Ausweis unter die Nase. «Ziehen Sie die Jacke aus», schnarrte sie. Zwei Omas an der Kasse waren dankbar für die Unterbrechung ihres Stützstrumpfkaufes und tuschelten. Robert hielt der Ladendetektivin seine Jacke entgegen. «Glauben Sie mir», sagte er, «wenn ich etwas stehlen würde, dann höchstens die getragenen Schlüpfer von Britney Spears, aber doch keine Drogerieartikel.» Die Frau packte ihn und zerrte ihn in ihr Büro. Auf dem Weg durch den Laden schimpfte sie, er würde jetzt etwas erleben und was er sich einbilde, während er erfolglos versuchte, sie mit Welpenaugen zu beschwichtigen.

«Mussten das denn alle mitkriegen, ich kann mich ja nirgendwo mehr blicken lassen», setzte er an, aber die Detektivin stellte ihn mit dem Gesicht gegen die Wand und bellte: «Füße auseinander!» Robert machte es, wie er es aus amerikanischen Krimis kannte. Die Detektivin fuhr erst außen an seiner Jeans entlang, klopfte unter seinen Armen den Oberkörper bis zur Taille ab und schob ihre Finger dann in die engen Taschen auf seinem Po. «Aha», triumphierend hielt sie eine Flasche des Eau de Toiletts Boucheran hoch. Robert grinste in sich hinein, er wusste, dass seine Perle den Duft besonders sexy fand. Er versuchte sich zu verteidigen, aber sie ranzte nur «Klappe halten» und ging hinter ihm in die Hocke, um die Innenseiten seiner Jeans abzutasten. Ihre Hände glitten an den Waden hoch, über die Kniekehlen bis zu den Oberschenkeln und dann, Robert schluckte hart, tatsächlich auch dazwischen, wo sie besonders gründlich die deutliche Beule unter seinem Reißverschluss absuchte, etwas zu lange für ein rein berufliches Interesse.

«Sie sind ein Krimineller», schnaubte die Detektivin,

«ich werde dafür sorgen, dass Sie echte Schwierigkeiten kriegen.» Robert sah sich unsicher um. Er wusste nicht, was als Nächstes kommen würde. «Oh, bitte nicht», versuchte er und machte einen Schmollmund, den viele seiner Exfreundinnen süß gefunden hatten. «Oh doch», bellte sie, «die Kollegen vom Revier machen Sie fertig, da sorge ich für.» Robert drehte sich ganz langsam um. Da stand sie mit verschränkten Armen und einem harten Zug in ihrem wirklich hübschen Gesicht. Robert überlegte, dann lehnte er sich gegen die Wand und knöpfte sein Hemd auf. Vielleicht würde er durch einen Überraschungsangriff weiterkommen. «Und wenn ich mich», sagte er gedehnt, «entschuldige und wir die Sache irgendwie anders regeln?»

Ein Grinsen huschte über das strenge Gesicht, ganz kurz nur, dann hatte sie sich wieder in der Gewalt. «Was stellen Sie sich da denn so vor?», fauchte sie. Robert knöpfte sein Hemd weiter auf und ließ es auf den Boden fallen. Die Jeans folgte. Er trug keinen Slip und hatte sich komplett rasiert. Die weiche Haut seiner Hoden schimmerte, und sein hervorstehender Schwanz sah so ganz ohne Haare drumherum größer aus, das bemerkte er mit Wohlwollen. Die Detektivin war ehrlich überrascht. Dass er so forsch vorgehen würde, hatte sie wohl nicht gedacht. Diesen Moment nutzte er, um sich auf den schwarzen, speckigen Bürostuhl zu setzen. Dort lümmelte er sich, rieb vorsichtig seinen Ständer und grinste die Detektivin an. «Sehen Sie nicht, wie sehr ich mir wünsche, es wieder gutzumachen?», er ließ die

Schwanzspitze durch seine Faust gleiten, «und was ich alles für Sie und Ihre Muschi tun könnte?» Und er tippte dabei auf das grellbunte Noppenkondom, das er blitzschnell übergestreift hatte. Darin war er Meister. Seine Exfreundinnen, so behauptete er gerne bei den Kerls in seiner Kneipe, nannten ihn Zorro: schnell im Sattel und ausdauernd im Ritt. Die Detektivin überlegte eine Sekunde, sah zur Tür, dann schlüpfte sie aus ihrer Hose, ließ den Slip einfach fallen und stellte sich nur mit ihrer Bluse bekleidet über ihn. Robert fand die Situation ausgesprochen scharf, diese halb nackte Frau direkt vor ihm machte ihn mehr an, als wenn sie ganz nackt gewesen wäre. Die Bluse gab der ganzen Sache etwas Obszönes, und darauf stand er von Zeit zu Zeit. Er fühlte zwischen ihren Schenkeln vor, brabbelte dabei, wie sehr sie es brauche und dass er es ihr gut besorgen würde, dass sie schon ganz nass sei und gleich einen hammerharten Mörderschwanz bekäme, und kraulte ihren Pelz und ließ sie nicht aus den Augen. Sie wurde sichtlich milder, kam ihm mit ihrem Becken entgegen, knöpfte sich die Bluse auf und rieb ihre Brüste an seinem Gesicht. «Wenn ich Sie noch einmal erwische, wie Sie etwas einstecken, mache ich Sie fertig», stöhnte sie. Robert feixte: «Im Augenblick glaube ich eher, dass es Sie fertig macht, wie ich etwas reinstecke.» Sie kicherte, und er drückte sie an den Hüften sanft nach unten, bis sie auf seinem Schoß saß und nun ihrerseits bewies, dass sie reiten konnte. Ihre feuchte Möse umschloss seinen Schwanz mit schmatzenden Lauten, die Robert so laut vorkamen, dass er immer wieder besorgt zur Tür sah. Robert ließ seine kreisenden Finger in ihrer übernassen und, so kam es ihm vor, fast ein wenig saugenden Möse und stöhnte laut auf, als er kam. Sie hielt ihm sofort den Mund zu und japste ihrerseits nur ganz kurz und leise.

Sofort stand sie auf, schlüpfte in ihre Sachen und drängelte, er solle sich beeilen. Und ihr Gefühl war richtig gewesen, denn als Robert den Reißverschluss seiner Jeans hochzog, ging die Tür auf, und der verkniffene Spargel stand da und starrte auf Robert, der verlegen grinste. Der Spargel wurde noch etwas gelber, als sie sich zu der Detektivin drehte: «Ihr geht mir auf die Nerven, Maren», maulte sie, «kannst du dich von Robert nicht mal zu Hause durchziehen lassen, wie andere Leute auch? Außerdem hat draußen gerade echt einer was geklaut, und du warst wieder mal nicht da.» Sie warf beleidigt die Tür ins Schloss. «Mann», sagte Robert, «Miss Glaubersalz wird nie einen abkriegen.» – «Ladenhüter», lachte Maren, «gibt es eben solche und solche.»

Der dicke Carl vom Dach

Sven und ich sind seit vier Jahren zusammen. Seit einem Jahr kennen wir Carl, den dicken Carl vom Dach. Er war ganz plötzlich da, stand in unserem Schlafzimmer, knetete seine Hände und sah uns gespannt beim Sex zu. Erst bemerkte ich ihn nur, und ich dachte mir, na ja, gönn ich ihm halt was und mir auch, dann erzählte ich Sven flüsternd davon, dass da am Fußende noch jemand war, und nachdem er es zunächst etwas befremdlich fand, hat sich Sven mittlerweile auch mit seiner Gegenwart angefreundet. Das heißt nicht, dass er es toll findet, an sich glaubt er schon, dass ins Schlafzimmer einer Frau nur ein Mann gehört, nämlich er, aber nun ist es so gekommen, und weil es uns auch nicht schlechter kommt seitdem, ist es in Ordnung. «Milena», sagte er anfangs noch zu mir, «ich kann das nicht, wenn der zusieht», und ich sagte: «Du vergisst das gleich, wetten?» Na, und so war's dann auch.

Carl kommt ja auch nicht immer vom Dach runter, nur manchmal. Er ist eben einsam. Er wohnt da in einem kleinen Kabuff ohne Klingel und Heizung. Die Hausverwaltung weiß nichts von ihm und auch nicht die anderen Mieter.

Der vergeistigte Schriftsteller mit den wuscheligen

Haaren und dem kleinen Knopf im Ohr, von dem wir die Wohnung übernommen haben und dem es sichtlich schwer fiel auszuziehen, machte uns genauso wenig auf Carl aufmerksam. Und wir erzählen es ebenfalls niemandem, das ist so eine Abmachung zwischen uns und Carl. Ich weiß gar nicht, wie Carl in unsere Wohnung kommt, ich höre ihn nie. Vielleicht hat er einen Dietrich, oder er hat den Schlüssel geklaut und nachgemacht. Sven und ich haben ein bisschen darüber nachgegrübelt, aber inzwischen ist es uns egal. Plötzlich steht er dann da wie hereingeschwebt am Fußende unseres Bettes, das viel aushält, obwohl es von Ikea ist. Er setzt sich auf einen kleinen Schemel und guckt, während ich über Sven knie oder Sven gerade «Milena, Milena» in meinen Busen brummelt. Manchmal gibt er Sven oder mir auch ganz heiser und leise Anweisungen, was wir miteinander tun sollen, oder er bittet uns, uns anders hinzulegen, damit er mehr sehen kann. Dann steht er keuchend und ein bisschen schwitzend auf und beugt sich über das Bett, um genau zu sehen, was Svens Finger zwischen meinen Beinen machen. Carl ist etwas älter als wir, und Sven und ich wetten, dass er noch nie eine Frau hatte. Dafür weiß er dann aber ganz schön viel über Sex. Die ungewöhnlichsten Einfälle kommen meistens von Carl. Zum Beispiel der mit dem Doppelwhopper. Sven hatte gerade seinen Schwanz in mich eingefädelt und pumpte auf mir, als Carl etwas von diesem schmalen Dildo aus Metall sagte, der bei uns in der Nachttischschublade liegt. Woher er das wusste, weiß ich nicht, vielleicht durchsucht er unsre Wohnung, wenn wir nicht da sind. Sven war etwas befremdet, denn bis dahin wusste auch er nichts von dem Selbstficker, aber dann schien ihn Carls Einfall doch zu reizen, und er legte sich meine Beine über die Schultern und schob den leise surrenden Zylinder in meinen Hintern. Carl war gut drauf an dem Abend, vielleicht hatte er auch etwas eingeworfen, denn als ich gekommen war, schlug er vor, dass ich das Gleiche bei Sven machen und ihn dabei auslutschen sollte. «Ich bin doch nicht schwul», protestierte Sven, aber ich sagte, dass ich in der Cosmopolitan, dem Zentralorgan für ekstatische Orgasmen, gelesen hatte, dass alle Männer darauf stehen, also sollte er sich nicht so haben. Und was soll ich sagen? Er ging ab wie noch was, auch wenn er zwischendurch etwas von «pervers» murmelte.

Manchmal sind Carls Einfälle aber auch zu bizarr, dann zucke ich zusammen und sage zu Sven: «Wie stellt Carl sich das vor, das kann er nicht im Ernst wollen», aber Sven sagt dann: «Probieren wir es doch einfach, wenn's nix is, aufhören können wir ja immer.» Und manchmal ist Sven kurz davor, das Licht einzuschalten und Carl endgültig rauszuschmeißen, weil er «so was» nie-nie-nie tun würde. Natürlich hat er es doch getan. Und obwohl wir die Verrenkung aus dem Kamasutra, die Carl vorgeschlagen hatte und die wir ihm zuliebe auch noch am Fenster turnten, wo uns womöglich ein Nachbar gesehen hätte, wahrscheinlich nicht wiederholen werden, war es das eine Mal doch ganz witzig.

Carl hat einen kugelrunden Bauch und eine Brille. Seine Augen sehen dahinter aus wie Murmeln. Er sieht aus wie das große Gary-Larson-Kind aus den Cartoons. Auf seinem Kopf sind nicht mehr so richtig viele Haare, aber was Sven da behauptet, dass Carl nämlich die wenigen Haare in drei klebrigen Strähnen über den gesamten Kopf kämmt, das stimmt nicht. Carl ist nicht so ein Ekliger, nur etwas merkwürdig, und sehr einsam, wahrscheinlich. Einsam bin ich auch manchmal. Manchmal überlege ich schon, ob ich nicht zu Carl raufgehe und es mit ihm treibe, weil sich Sven nicht um mich kümmert. Ich würde es ihm nachher auch in allen Einzelheiten erzählen, denn ärgern soll er sich schon. Ich könnte in knappen Shorts auf den Dachboden steigen, Carl säße irgendwo auf einem Schemel und würde Kreuzworträtsel lösen, und ich würde mich einfach vor ihn hinstellen, die Shorts ausziehen und sagen: «Was ich jetzt brauche, ist ein richtiger Arschfick. Mach's mir.» Carl wäre natürlich erst erschrocken, aber tun würde er es schon, so gut kenne ich ihn.

Und Sven würde sich schwarzärgern, weil ich so was zu ihm noch nie gesagt habe. Aber wahrscheinlich hat er eh vergessen, wie es geht. Er will gerade seinen Meister machen und verbringt seine Abende oft in der Werkstatt, und wenn er dann nach Hause kommt und nach Motoröl und Metallspänen riecht, werfe ich ihm zwei Schnitzel in die Fritteuse, und wenn er noch vergisst, mich zur Begrüßung zu küssen, richtig zu küssen, mit der Zunge bis zu den Gaumenzäpfchen, wünsche ich mir manchmal, das eine Schnitzel, das da im Fett blubbert, wäre seine Hand, aber ich bin nicht oft so gemein. Es ist ja auch nicht so, dass ich meinen Sven nicht mehr liebe, das tue ich wirklich, aber wenn er von Schraubgewinden und Schweißgeräten erzählt und dabei im verschmierten Blaumann vor mir sitzt und zwei große Fleischlappen in Salsa tunkt, ist es auch nicht die wahre Romantik. Und dann liegen wir im Bett, und Sven ist eigentlich zu müde, um noch ein bisschen zu fummeln, ich weiß das, aber er weiß auch, dass ich es möchte, also versucht er, mich mit dem Kurzprogramm abzuspeisen. «Bei der Waschmaschine wird die Wäsche ja auch im Kurzprogramm sauber, und Energie spart's außerdem», hat er mal voll im Ernst gesagt, aber da hat er sich geschnitten. Wenn die Göttin gewollt hätte, dass Menschen dreieinhalb Minuten Sex machen, dann hätte sie die Fortpflanzung durch Anhusten eingeführt und nicht einen Vorgang gebastelt, bei dem es erst feucht bei mir und hart bei ihm werden muss, damit es passt. Bei mir und Sven passt's an sich gut, wir hatten immer viel Spaß miteinander, schon als wir uns gerade kennen gelernt hatten, trieben wir es einmal auf einem Schrottplatz, ein abgetrennter Kotflügel pikte mich in den Rücken, und gerade, als ich kam, lief ein riesiger struppiger Köter auf den Autodächern auf mich zu und starrte mich an, sodass ich glaubte, gleich einen Schnappkrampf zu bekommen. Hab ich aber nicht, der Hund war nett, der Sex war prima, und Sven keuchte und schwitzte vor Anstrengung, so, wie es sein soll.

Heute verausgabt er sich da weniger. 356 Kilokalorien, steht in meiner Figurtabelle, verbraucht man beim durchschnittlichen Beischlaf. Na ja, wenn ich dabei mit dem Expander trainiere vielleicht, ansonsten ist es bei uns eher mau mit der Leidenschaft. Sven reibt mich ein bisschen, nuckelt pflichtbewusst an meinen Brüsten, ich massiere seine Eier, und nachdem er sein Kondom besamt hat, lässt er sich auf mich fallen, als wäre er gerade von hinten mit einer Pumpgun erschossen worden. Ich japse und hechel dann, damit er es merkt und seine neunzig Kilo von mir runterwuchtet. Das ist ganz anders, wenn Carl sich in unsere Wohnung schleicht.

Sven saugt sich gerade in meiner Achselhöhle fest, ich kichere, und da steht er plötzlich neben dem Bett, ich überlege noch, ob ich es Sven sagen soll, aber das ist ja nur fair, also wispere ich: «Der dicke Carl vom Dach ist wieder da. Er hat sich den Schemel genommen und sitzt unten am Fußende.» Sven sieht mich an, ein bisschen irritiert es ihn immer noch, klar, so ein fremder Mann in seinem Revier. «Guckt er auf deine Muschi?», wispert er zurück. Ich nicke: «Mitten rein guckt er.» Klar, dazu ist der dicke Carl ja hier. «Er hat gesagt, ich soll dich lecken», flüstert Sven, «willst du das, wenn der zusieht?» Ich nicke wieder und lege meine Hände auf Svens Kopf, auf seine Wuschelhaare, und drehe ihm daraus Hörnchen, das mache ich immer, wenn er mich leckt, das ist lustig. Was Sven da zwischen meinen Schenkeln macht, ist auch lustig. Ich bin so kitzlig in der Falte zwischen Oberschenkel und Muschi, und erst wenn er mit der Zungenspitze über die feuchte, pralle Rinne leckt, ganz leicht nur, dann stellen sich mir alle Härchen auf. Ich ziehe die Knie an, und Sven schiebt mir ein dickes Kissen unter den Po, damit Carl auch so richtig was zu sehen kriegt. Carl steht auch schon auf und beugt sich über Sven und seine schnelle Zunge, um ja nichts zu verpassen. Manchmal sieht er mich bewundernd an, wie ich mich winde und zucke, aber meistens starrt er nur auf Svens Zunge, wie sie über meinen Kitzler schlabbert, und auf seinen Daumen, der sich in meine Möse geschoben hat und mich schnell fickt. Ich keuche «Raab», das ist unser Schlüsselwort, dass Sven wirklich aufhören soll, weil ich gleich komme, das haben wir uns so ausgedacht, weil ein feixender, unkontrolliert stammelnder Metzger im Karohemd nun echt das Abturnendste ist, das man sich ansehen kann.

Sven setzt sich im Schneidersitz auf das Plumeau, ich krabbel herum, bis ich auf seinen Beinen sitze und ihn ganz fest umarmen kann. Ich lasse seinen Schwanz in mich rein, und dann fangen wir vorsichtig an zu schaukeln. Ich mag das, wenn es so eng ist, dass nichts mehr zwischen uns passt, dass Svens Augen zu einem großen Zyklopenblick verschwimmen, wenn ich ihn ansehe, und wenn ich ihn in mein Ohr atmen fühle und höre, wie er «deine Muschi ist so heiß», «o Milena» oder «ich fick dich in die Votze, in deine heiße geile Votze» flüstert. Aber Carl sieht so nichts mehr. Also lockert Sven seine Umarmung, und ich lehne mich zurück. Carl beugt sich über uns und beobachtet, wie meine Brüste mitschaukeln und wie Svens Finger zwischen meinen Schamlippen verschwinden, wo es so nass ist, dass sie wie von selbst hin und her rutschen, und er die andere Hand auf meinen Bauch legt.

Carl ist ein sehr diskreter Beobachter, wenn man von seinen gelegentlichen Anweisungen und Bitten einmal absieht, er bleibt nie, bis es uns kommt. Er hat da ein ziemlich gutes Gespür. Gerade steht er noch da, und dann, wenn in meinem Kopf so langsam die schnelle Spirale anfängt, sich zu drehen, ist er auch schon weg. Als hätte er sich in Luft aufgelöst.

Ich decke mich und Sven schwer atmend zu und grinse: «Was würden wir nur tun, wenn Carl plötzlich ausziehen wollte?» Er küsst mich und grinst zurück: «Dann würden wir uns eben jemand anderen ausdenken. Eine feurige, langbeinige Rothaarige vielleicht. Wie wär's mit der dürren Katrin aus dem Keller?» Und ich knuffe ihn, kuschel mich in seinen Arm und verschwende beim Einschlafen nicht einen einzigen Gedanken an den dicken Carl vom Dach.

Die erotischen Zonen des Hängebauchschweins

Seit letztem Freitag weiß ich es sicher: Mir ist ein Leben als Jungfrau bestimmt – als leicht beschädigte Jungfrau, zugegeben, vielleicht besser als Nonne, obwohl ich ja nicht religiös bin und mir von Weihrauch und Hasch immer gleichermaßen übel wird, also was ich meine, ist: Mit den Männern ist Schluss.

Erst mal jedenfalls. Ich bin fast zwei Wochen mit Kevin ausgegangen. Dass er sich vorstellte mit dem Spruch «Hi, ich bin Kevin, und ich bin heut Nacht allein zu Haus», na ja, es hätte mich abschrecken sollen, aber wenn ich längere Zeit solo war, bin ich immer so verständnisvoll – hormonell bedingt, versteht sich, gestautes Testosteron macht mich irgendwie milde. Unsere erste Verabredung war im Zoo – hatte er vorgeschlagen. Frühstück im Zoo. Vor langer Zeit hatte ich mal zusammen mit einem ganz süßen Hamburger im Zoo vor den Waschbären gestanden und zugesehen, wie sie sich im Liebesspiel jagten und bissen. Das war fast erotisch, also sagte ich zu, als Kevin den Zoo vorschlug. Und da stand ich dann neben einem Mann im Parka, in dem er aussah, als wollte er gleich in den Käfig steigen, um den Gorilla zu bürsten. Ich teilte mir mit ihm sein Mettbrötchen und ein Tütchen Sunkist und hörte mir einen Vortrag an über die erotischen Zonen des Hängebauchschweins. Während ich noch überlegte, ob das wohl eine Anspielung sein sollte auf meine sinnliche, sanft geschwungene Taille, die ich zweimal pro Woche im Fitnessstudio trimme, und zwar auf einem Twister, von dem mir ähnlich übel wird wie von Weihrauch, näherte sich eine zwiebelgeschwängerte Atemwolke meinem Ohr, und dann planschte auch schon ein feuchter Mund auf die Muschel und saugte sich fest, die Zungenspitze in den Gehörgang tastend, wie in diesem Science-Fiction-Film, in dem sich das fiese Alien einen Zugang bohrt, um seine noch fiesere Nachkommenschaft im Wirtskörper auszubrüten. Trotzdem ließ ich mich auf ein weiteres Treffen ein, denn die äußeren Daten stimmten eigentlich: Er verstellte den Sender in meinem Auto nicht, streichelte meine beiden Katzen und die Schildkröte, er würde niemals Artischocken essen, und er hält Menschen mit Taschentüchern aus Stoff für potenzielle Triebtäter – bei einigen inneren Werten waren wir uns also einig. Bei den äußeren leider nicht wirklich.

Männer und Mode – kann mir das mal einer erklären? Da wollte zum Beispiel eine Freundin ihren Geburtstag mit uns feiern, und Kevin sollte bei dieser Gelegenheit präsentiert werden. Ich stand zu Hause vor dem Spiegel, pellte mich in das Korsett, in dem ich zwar die Kurven einer Mme. Pompadour habe, aber eben leider auch ihre Atemnot, schälte mich dann in das kleine Schwarze, sah hinreißend atemberaubend aus, und Kevin kam rein, klopfte sich fünf Minuten vor Aufbruch mal über die Jeans, schubste mich vom Spiegel weg, hob den Arm, um zu sehen, ob das Hemd schon Kränze hatte, und verkündete, als das nicht der Fall war, begeistert von sich und seinem Spiegelbild: «Fertig! Können wir?» Klar, was dann kam: komaähnliches Staunen auf meiner Seite, der übliche Dialog, wieso er nicht gedachte, sich umzuziehen, und sein übliches Argument, es sei schließlich nur der Spanier um die Ecke und nicht der Buckingham Palast. Wieso ist das Maß für *sein* Outfit nicht *mein* Outfit, sondern das Lokal, in das wir gehen? Ist er denn ein Möbelstück? Wenn er sich dem Lokal gemäß kleiden möchte, müsste er eigentlich mit einem Geweih auf dem Kopf erscheinen oder sich wie im Fall des Spaniers in eine rotgelbe Flagge wickeln. Fakt ist: Ich will nicht aussehen wie seine Bewährungshelferin, wenn wir zusammen ausgehen, und auch nicht, als hätten ihm seine Kollegen mich zum Geburtstag geschenkt. Ich besitze etwa ein Dutzend Kostüme in verschiedenen Farben, und wenn ich es wage, bei einem Familienfest mit einer Bluse vom Vorjahr aufzukreuzen, muss ich mir regelmäßig anhören, ich hätte mich wohl «im Tuch vergriffen». Der Mann an meiner Seite dagegen trägt wieder mal den Anzug seiner Meisterfeier und wird regelmäßig dafür gelobt, dass er immer noch reinpasst. Das ist wohl genetisch, denn schließlich gibt es Farbenblindheit ja auch nur bei Männern, was erklärt, wie man helle Socken auf dunkle Schuhe anziehen kann und sich darin auch noch sexy findet.

Das Stichwort. Sexy. Der Abend war ziemlich nett, ich hatte mich auf eine Diskussion über die verschiedenen Griffe beim Wrestling eingelassen, als Kevin anfing, auf der Sofakante herumzurutschen, und schließlich fragte, ob ich einen Dickmann wollte. Tscha, erwischt: Ich liebe Süßes, und Schokoküsse sind so ziemlich das Beste, mit dem man mich ködern kann, vor allem, wenn sie direkt aus dem Kühlschrank kommen. Zuerst muss man die obere Schokoschicht abknacken und dann mit der Zunge tief in den klebrigen Zuckerschaum tauchen, dann erst den Rand abknabbern und schließlich die Waffel mit einem Haps vertilgen. Männer, die Ahnung von weiblichen Schokoladenträumen haben, können keine ganz schlechten Liebhaber sein – dachte ich. Ich lehnte mich also genüsslich zurück und erwartete das Highlight des Abends, den Dickmann: 280 Kalorien, eine Minute im Mund, ein Jahr auf der Hüfte. Aber Kevin hatte gar nicht die Absicht, in die Küche zu gehen.

Stattdessen stand er mit geöffneter Hose vor mir und führte mir vor, was er glaubte, das ihn zum Mann macht. Vierzehn Zentimeter rötlicher, unten kraus und borstig behaarter, auf Halbmast stehender Schwellkörper. Ja, Mädels, falls ihr euch angesichts dessen schon mal gefragt habt, was so ein Penis eigentlich ist, medizinisch gesehen: Es ist kein Muskel, auch wenn eure Männer das gerne hätten, es ist auch kein eigenständiges Lebewesen mit eigenem Verstand, sondern es ist ein Schwellkörper, ein Weichteil, was nichts ausmacht an sich, wenn der dazugehörige Typ kein Weichei ist, und wenn es richtig schwillt, kann man eine Menge Spaß damit haben, und wenn's besonders gut läuft, vergisst man vielleicht den Rest, der dranhängt. So etwas muss ich in dem Moment wohl auch gedacht haben, als Kevin mit heruntergelassener Hose vor mir stand, als wollte er gleich in die Erdnussschale auf meinen Knien rüsseln. Und wie gesagt: Wenn es lange genug her ist, bin ich sehr milde.

Also stellte ich die Erdnüsse auf den Boden und sah mir seinen Schokoriegel näher an. «Kannsten damit auch umgehen?», fragte ich misstrauisch. Kevin zuckte kurz zusammen, nickte dann aber begeistert – wahrscheinlich war es das erste Mal, dass er mit der Dickmann-Masche Erfolg hatte. «Hör her», sagte ich, «Vorspiel, ohne auf die Uhr zu sehen, du liegst nicht oben, erspar mir irgendwelche gestammelten Satzfetzen, und wag es nicht, mir nochmal das Ohr zu lutschen!» Er nickte wieder. Gut, dachte ich mir, seh ich ihn eben als eine Art Vibrator, bei dem man die Hände frei hat. Ich hatte mich für die Variante französisches Anfeuchten und der Fick dann kniend von hinten entschlossen, dabei hab ich mindestens eine Hand für meine Muschi frei, muss ihn nicht ansehen und kann die Fingerfertigkeiten, die mehr Sensibilität erfordern, selbst tun. Außerdem ist das meistens eine eher kurze Nummer, denn ich wollte auf gar keinen Fall in die Verlegenheit kommen, nachher noch großartig Konversation machen zu müssen. Zu seiner Verteidigung: Er bemühte sich redlich – und wir alle wissen, was so ein Satz im Arbeitszeugnis bedeutet. Also wenn ich meinen Sexwuschel nicht derartig gut kennen würde und wüsste, was ihn schlüpfrig und gut gelaunt macht, wär's wahrscheinlich ein Fiasko geworden, aber so ging's ganz gut: Als ich kam, hatte ich den schwer schuftenden Kevin hinter mir fast vergessen. Aber dann, während ich noch leise schaukelnd kniete und das Zucken im Bauch und die bunten Punkte vor den Augen genoss, fiel Kevin mit einem dumpfen Gurgeln über meinen Rücken, als hätte er gerade einen Kollaps erlitten. Ich erlaubte ihm gnädig, eine ganze Minute zu ruhen, dann schob ich ihn auf die andere Seite des Bettes, wo er liegen blieb wie ein erlegtes Wild.

Ich stand leise auf, zog mich an, angelte in meiner Handtasche nach dem Aufkleber, den ich eigentlich für meine kleine Schwester gekauft hatte, die gerade ihren Führerschein gemacht hatte. Den leuchtend roten Schriftzug «Anfänger» klebte ich direkt auf das Kopfteil seines Bettes, dann schlich ich mich aus der Wohnung. Zu Hause nahm ich meinen Lieblingsvibrator in die Hand, ließ ihn freundlich summen und fragte mich, was Kevin ihm voraus haben sollte. Die nächsten Wochen ist das Jagdrevier vor mir sicher. Ich bin wieder mal bedient. Warum ich immer an solche Männer gerate? Hach ich weiß auch nicht. Ich bin wohl einfach zu nett.

Santa Baby

«Ja ist denn heut scho Weihnachten?», lachte Christine, warf die lockigen Engelshaare über die Schulter und zog den Weihnachtsmann in ihre Wohnung. Der Fahrstuhl war wohl wieder mal kaputt, der Weihnachtsmann keuchte und stöhnte, und das war nach den sieben Treppen auch kein Wunder. Außerdem trug er einen von diesen dick wattierten roten Plüschanzügen und eine wallende weiße Perücke mit Vollbart. Und egal, ob er wirklich so dick war, oder ob er seinen Strampelanzug ausgestopft hatte, es musste furchtbar anstrengend für ihn gewesen sein, den schweren Sack, den er auf dem Rücken trug, bis zu ihr hochzuschleppen.

«Ja, durch den Schornstein geht's leichter», plapperte Christine immer noch kichernd und führte ihn ins Wohnzimmer, «falls du da durchpasst.» Sie rieb die Knie aneinander und hatte vor Aufregung ganz rote Bäckchen. Sie setzte ihn auf eines ihrer schreiend bunten Plastiksofas und genoss es, dass alles so stimmungsvoll war.

Draußen schneite es. Gerade hatte sie Plätzchen in den Ofen geschoben, und es duftete nach Kakao und Zimt. Glühwein hatte sie auch genug da, um auf ihren Geburtstag anzustoßen. Sie sprang zum Telefon, hängte es aus und freute sich wie eine Schneekönigin. Am 23. Dezember Geburtstag zu haben war als Kind nicht besonders lustig gewesen, aber seit Christine als Sekretärin in der Studienberatung der Uni saß und so nette Kolleginnen und Kollegen hatte, war es immer ein ganz besonderer Tag.

Vor allem der eine mit den sanften grauen Augen, der sich um die Internetseiten kümmerte, gefiel ihr. Er hatte zwar keine Ahnung, was er eigentlich tat, weil er Germanist war und kein Programmierer, aber irgendwie schaffte er es, sich schnell einzuarbeiten, sodass er immer genug Zeit hatte, mit Christine einen Kakao zu trinken oder in die Mensa zu gehen. Schnelligkeit war etwas, das Christine ungeheuer bewunderte, leider arbeitete sie dafür in der falschen Behörde. Der Süße hatte ihr eine Sonnenblume mit ins Büro gebracht, keine Ahnung, wo er die im Winter herhatte.

Aber die Kolleginnen gaben sich mit Blumen nicht zufrieden, die überlegten sich immer irgendeine verrückte Aktion. Letztes Jahr, als der Tag auf einen Samstag gefallen war, hatten sie sie einfach gepackt und in einen Zug gesteckt, waren mit ihr nach Hamburg gefahren und hatten dort die Reeperbahn mit ihr unsicher gemacht. Dieses Jahr hatten sie nur gekichert und getuschelt und ihr partout nicht verraten wollen, was Tolles auf sie wartete. Nur dass es etwas ganz Besonderes sein würde, hatten sie durchblicken lassen. Christine war von ihren Kolleginnen einiges gewöhnt, aber der Weihnachtsmann war die Krönung.

Da hatte sie nur einige Male in der Kantine mit ganz kleinen Zaunpfählen gewinkt und kurz erwähnt, dass sie einen Hausbesuch von einem Nacktputzer oder Stripper «irre klasse», ja geradezu «hyperhip» fände, und schon organisierten die Süßen ihr tatsächlich einen Motto-Callboy.

Der Weihnachtsmann spielte seine Rolle aber auch wirklich perfekt. Er wischte sich über die Stirn, hielt den Sack fest, als seien die Kronjuwelen darin, und sah sich immer wieder zu allen Seiten um, brummte, schluckte und räusperte sich. Brustkatarrh vom Nordpol wahrscheinlich. Christine setzte sich auf seinen Schoß und schlang die Arme um seinen Hals. Das Gummisofa wackelte bedenklich. Und der Weihnachtsmann japste. Christine heizte ihre Wohnung immer gerne auf tropische Temperaturen hoch, weil sie zu Hause am liebsten in Slip und T-Shirt herumlief, und jetzt hielt der Weihnachtsmann seine weiß behandschuhten Hände in die Luft, als werde er bedroht, weil er nicht wagte, sie auf ihren nackten Schenkeln abzulegen.

Christine schnappte sich seine Hand, drückte sie auf ihr gebräuntes Bein und lächelte ihn an. «Darf ich mir jetzt was wünschen, Weihnachtsmann?», schnurrte sie. Er räusperte sich wieder, rutschte unter ihr hin und her, wand sich in seinem dicken Plüschanzug, und seine Augen rollten hin und her wie große Murmeln. Nach einer Pause, als Christine schon überlegte, ob es vielleicht sein erster Auftritt als Loverboy zum Fest der

Liebe war, brachte er stockend hervor: «Ja warst du denn auch artig?» Christine lachte, steckte einen Finger in den Mund und sah ihn mit gesenktem Kinn an. «Drohst du mir sonst deine Rute an?» Der Weihnachtsmann zog scharf die Luft ein, als Christine ihr T-Shirt von sich warf, und brummte schließlich: «Jawohl!»

Christine lutschte wieder an ihrem Finger: «Nun, ehrlich gesagt, war ich ein ganz ganz böses Mädchen. Ich hab's mit dem Fitnesstrainer auf der Massagebank getrieben, und wenn ich abends alleine bin, sehe ich mir oft schmutzige Bilder an und spiele dabei an mir rum. Ich schätze also, ich muss wohl bestraft werden mit deiner großen harten Rute.» Der Weihnachtsmann schwitzte jetzt so, dass dicke Perlen in seine Augen liefen und er unentwegt blinzeln musste. Christine rutschte auf seinem Schoß herum und spürte, dass es mit ihrer Bestrafung nicht mehr lange dauern konnte. «Vielleicht», murmelte sie und klimperte ihrerseits mit den Augen, «hast du aber auch eine Zuckerstange für mich», sie machte eine wirkungsvolle Pause, bevor sie anfügte, «zum Lutschen.»

Der Weihnachtsmann lachte, etwas schrill, fand Christine, aber Hauptsache, er verstand etwas vom Beschenken. Er schälte sich schwer atmend aus dem Strampelanzug, nahm den dicken Bauch aus Schaumstoff ab und zog die schwarz glänzenden Stiefel aus.

«Den Bart anlassen», befahl Christine, «wenn ich schon den Weihnachtsmann vögeln darf, dann das Original.» Sie rutschte zu ihm, zog ihm die mit Rentieren bedruckten Boxershorts herunter und sah sich die Bescherung an. «Das ist aber ein großes Geschenk», schmeichelte sie, «das glänzt ja rot wie die Nase vom Rentier Rudolf.» Der Weihnachtsmann lachte wieder. Langsam wurde er lockerer. Er setzte sich zurück auf das Gummisofa. «Dann komm mal her, du Christkind», murmelte er, und Christine stellte sich vor ihn. Er nahm ihre kleinen Brüste in beide Hände, als würde er Äpfel wiegen, zwirbelte die Spitzen und seufzte: «Was für schöne Nüsschen.» – «Dann sieh dir doch mal den Mandelkern an», kicherte Christine und stellte einen Fuß auf die wacklige Lehne des knirschenden Gummisofas. Der Weihnachtsmann strich über ihren Bauch und tiefer über ihren seidigen Slip, aus dem blondes Engelshaar quoll. Seine Finger tasteten sich unter den dünnen, goldenen Stoff, rutschten hinein in die Himmelspforte, und er strahlte sie an, als sie scharf die Luft einzog und «Hosianna» stöhnte. Christine wurde ungeduldig. Sie zog den Slip aus, drückte den Weihnachtsmann auf das quietschende Plastik und legte sich über ihn. Das Sofa wölbte sich in alle Richtungen. Christine nahm zur Feier des Tages ein weihnachtlich rotes Kondom aus einer Dose und ließ sich mit einem wohligen Seufzer auf den nun nicht mehr sehr würdevollen Weihnachtsmann sinken. «Oh, ich hör die Engel auf den Feldern singen», kicherte er und drückte ihre Brüste, «gleich kommt ein Schiff, geladen bis an den höchsten Bug.» Christine ließ sich über ihn rollen wie eine große Welle, stieß sich neben seinen Schultern ab und glitt wieder tiefer. Sie ritt ihn, bis sie die Glocken nie süßer klingen hörte. Keuchend und schwitzend lagen Christine und ihr Geschenk schließlich auf dem Sofa. Sie drückte ihre Wange an seinen weißen Rauschebart, küssen würde sie ihn nicht, sie wusste, dass das bei derartigen Bescherungen nicht üblich war. Aus der Küche kam ein stechender Brandgeruch. Sie sprang auf, um die Plätzchen zu retten, aber die bestanden nur noch aus Holzkohle. Trotzdem war Christine mit ihrem Geburtstag sehr zufrieden, wickelte sich in einen Kimono und beschloss, gleich nachdem der Weihnachtsmann angekleidet war, ihre Freundinnen anzurufen, um sich zu bedanken. An der Tür strich sie noch einmal über seinen jetzt wieder dicken Bauch und sagte: «Guten Flug und vielen Dank!» Dann schob sie ihn aus der Wohnung.

Gerade als sie die Tür schließen wollte, hörte sie draußen im Flur eine japsende männliche Stimme: «Ist das hier richtig bei Christine Schulz?» Sie spähte durch den Türspalt. Draußen stand ein Konditorei-Bote und unterhielt sich mit dem Weihnachtsmann. «Ist das nicht nett», sagte der Bote, «hier bekommt jemand eine Torte mit einem gebackenen Gruppenfoto geschenkt, eine Frauengruppe oder so was, alle in roten Weihnachtsmänteln und Bikinis, und Happy Birthday soll ich auch noch singen, das ist doch echt mal eine originelle Idee.» Der Weihnachtsmann lachte so, dass der Sack auf seinem Rücken bebte. Er schlug dem Boten auf die Schulter, «dann gratulier mal schön», dröhnte er, «und ich suche die richtige Tür für meine Kinderbescherung, bin eh schon spät dran.» Er lachte noch, als er gegenüber von Christines Tür auf das Klingelschild «Familie Schultz» drückte. Christine stand kichernd mit rot glühenden Wangen hinter der Tür, als sie die Torte entgegengenommen hatte. Also gab es doch noch etwas Süßes zum Fest der Liebe.

Sie schloss die Augen und summte: «Santa Baby, slip a sable under the tree for me, I've been an awful good girl. Santa Baby, and hurry down the chimney tonight.»

Die Besetzungscouch

«'tschuldigung?» Der Mann, der in der Tür steht, nestelt an seinem schwarzen Krawattenknoten mit den weißen Punkten, als wollte er sich gleich damit aufknüpfen. Mal sehen, ob er bei mir punkten kann. Er ist so nervös, dass er von einem Fuß auf den anderen tritt wie ein Erstklässler, der mal aufs Klo muss und sich nicht traut zu fragen. Ich wette, dass seine Hand, die den Griff des schwarzen Aktenkoffers umklammert hält, schon ganz schweißig ist. Jetzt sagt er, wie er heißt. «Kirchhoff, Arnim», stottert er. Er nennt den Nachnamen zuerst. Bin ich hier beim Bund? Seh ich aus wie eine Oberoffizierin, die ihn gleich durch den Schlamm robben lassen will? Bestimmt nicht. Obwohl, dieser Schnuckel mit den Teddybärknopfaugen im Schlamm? Eine schöne Vorstellung. Ich räuspere mich. «Jaja, kommen Sie rein», herrsche ich ihn an. So ein Zufall, dass ich heute ganz in Schwarz ins Büro gekommen bin. So ein Glück. Ich weiß, dass ich in diesem Minirock und dem langärmeligen Body aussehe wie eine Mischung aus Sirene und Domina. Ich werfe meine rotblonden Haare wie zufällig über die Schulter. Ich weiß, dass sie jetzt Funken sprühen. Ich kenne das Licht in diesem Büro so gut, als hätte ich den Raum selbst ausgeleuchtet. Damit ich mich überall perfekt in Szene setzen kann. Dass ich ihn beeindrucke, sehe ich gleich. Kirchhoff, Arnim, kommt näher, er setzt seine Füße so vorsichtig, als hätte er Schuhe an, die eine Nummer zu groß sind. Er bemüht sich, entschlossen und tough zu sein, aber da helfen auch keine doppelten Schulterpolster, keine bewusst tief angesetzte Stimme oder was ihm sein personal manager sonst noch so alles geraten hat. Er sieht mir fest in die Augen, das ist nicht einfach, man versinkt in meinen Augen, ich kenne das. Und bei ihm ist es nicht anders. Es gibt ein unhörbares blubb, und weg ist der Mann, alle die gleichen. Er weiß nur noch nicht, dass er gerade ertrunken ist, und gibt sich den Anschein, als hätte er den vollen Durchblick. Nun, das hat er sicher nicht. Aber der Teddybär beginnt mir Spaß zu machen. Ich überlege, ob er wohl *brömm* macht, wenn man ihn auf den Rücken legt. «Was kann ich für Sie tun?», sage ich. Jetzt nicht mehr strenge Domina, sondern ganz schmeichelnd. Er soll sich wohl fühlen. Eine Haarsträhne fällt ihm ins Gesicht. Ich kann nicht anders und lächle. Kirchhoff, Arnim, ist so lecker, da möchte ich direkt hineinbeißen, da unter dem Ohr, wie in die Schwarte eines Marzipanferkels und den Bissen ganz genüsslich im Mund auflutschen. Er ahnt nichts und sagt: «Ich habe einen Termin. Guten Tag, Frau Biermann.» Ja, das steht draußen auf dem Büroschild. ‹Personalchefin› steht auch da. «Meine Name ist Kirchhoff.» – «Sie sagten es bereits», unterbreche ich ihn und weide mich an seinem Schreck. Er ringt um Fassung und stottert: «Ich komme zum Vorstellungsgespräch.» «Sie sind direkt von der Schule?», sage ich und überlege, ob er in anderen Bereichen wohl auch so jungfräulich ist. Ob ihn wohl schon jemand entbubt hat. Eine reife Nachhilfelehrerin womöglich, die mit geübten Kunstgriffen seine Vorstellung von mathematischen und weniger mathematischen Potenzen erweitert hat. Nein, die Vorstellung gefällt mir nicht. Aber der Teddybär gefällt mir, er hat zwar keinen Knopf im Ohr, aber vielleicht im Bauchnabel oder in einer Brustwarze? Das haben viele junge Männer heute, ich sehe das oft, wenn ich in der Sauna bin oder im Whirlpool liege mit halb geschlossenen Augen, als würde ich dösen, wenn ich doch in Wirklichkeit nur aus einem einzigen Grund in Thermen gehe: um mir knackiges Gemüse anzusehen, wie es in unserer Firma leider viel zu wenig rumläuft. Kirchhoff, Arnim, wird nervös bei meiner langen Pause. Er berichtet mir von seinem Abschlusszeugnis, bietet an, mir seinen Praktikumsbericht vorzulegen. Er spricht die Endsilben jedes Wortes gesperrt, er bemüht sich, gebildet zu wirken, aber sein Reiten und Leiern auf den Silben verrät ihn, er kommt aus ganz kleinen Verhältnissen. Gut, das macht nichts. Jeder kann sich hocharbeiten. Ich saß vor ein paar Jahren auch noch nicht hier. Ich sage: «Gehen Sie mal ein paar Schritte.» Er wird rot, seine Knopfaugen werden noch ein bisschen runder. Aber dann setzt er seinen Aktenkoffer ab und geht durch das Büro. Ich setze mich auf den Schreibtisch und schlage die nackten Beine übereinander. «Ziehen Sie mal das Jackett aus.» Er tut es wirklich, ich kann es nicht fassen. Ich lehne mich zurück und genieße den Anblick. Er macht Sport, das sieht man. «Kirchhoff, Arnim», sage ich und senke die Stimme geheimnisvoll, «wir legen hier Wert auf ein gutes Betriebklima. Würden Sie wohl bitte das Hemd aufknöpfen und einmal zu mir herkommen?» Er schluckt. Sein Adamsapfel schwillt so an, als hätte er Apfel und Schlange gleichzeitig verschluckt. Na ja, er wird in seinem Leben noch größere Sünden begehen als diese, ich weiß, wovon ich spreche. Er steht vor mir. Seine Haut schimmert matt und broncefarben. Er ist viel an der frischen Luft. Ein Landei, rede ich mir ein, hoffe ich, ein unschuldiges Landei. Kalimero mit der Eierschale auf dem Kopf in diesem Büro mit mir allein. Der Gedanke gefällt mir. Ich streiche mit den Fingern über seine Brust. «Gefällt Ihnen das, Kirchhoff, Arnim?», säusele ich und hinterlasse blassrosa Striemen mit meinen Fingernägeln. Ich umschlinge sein Becken mit meinen Beinen und ziehe ihn näher an mich heran. «Erwarten Sie von einer guten Chefin nicht auch Führungsqualitäten?», sage ich. Er nickt, hektisch wie das Duracell-Häschen aus der Werbung. «Na, dann lassen Sie sich führen.» Ich beuge mich vor und küsse ihn auf den Mund. Seine Lippen sind weich und mädchenhaft, aber, das merke ich gleich, nicht ganz unschuldig. Küssen kann er. Er öffnet die Lippen, tastet mit seiner Zunge vor, spielt ganz langsam mit meinem Gaumen, sodass ich glaube, jede einzelne Geschmacksnoppe zu fühlen. Seine Arme umfassen mich, und an meinem Oberschenkel fühle ich, dass er eine Erektion hat, einen großen, gewaltigen Jungmannständer. Ich reibe meine Brüste an seiner Haut, soweit das in seiner festen Umarmung geht, und schiele immer mal wieder zur Tür, ob sie nicht aufgeht. Ich wäre jetzt ungerne gestört. Ich schiebe ihn ein Stück von mir weg, gebe seine Zunge nur zögerlich frei, halte sie mit Lippen und Schneidezähnen fest, bis sie mir entgleitet. «Sehr schön, Kirchhoff, Arnim», hauche ich, «ich sehe schon, Sie sind ein Naturtalent. Können Sie denn auch damit etwas anfangen?» Ich fasse in den tiefen Ausschnitt meines Bodys und hebe meine Brüste aus den Körbchen. Sie sind klein und prall, und mein Teddybär wird ganz blass, als er sie sieht. «Na los, vorbeugen und küssen», befehle ich. Und das tut er. Ich lehne mich zurück und seufze. Erfahrene Männer sind gut, wenn man irgendetwas aus dem Kamasutra nachturnt oder sich über Firmenpolitik unterhalten will, aber Brustwarzen lutschen, das können die ganz frischen am besten. Die legen ihre ganze Begeisterung und ihr ungläubiges Staunen in die Zungenspitze und lutschen, als sei eine Frauenbrust der heilige Gral. Jetzt muss ich mich aber langsam beeilen. Und sein rotes Gesicht mit den verwuschelten Haaren zeigt mir auch, dass er jetzt alles tun würde. Ich rutsche vom Schreibtisch, ich mache das ganz geschickt so, dass der Rock gleichzeitig hochrutscht, ich habe Übung in so was, aber das merkt der Teddy nicht. «Jetzt kommt die Eignungsprüfung», hauche ich und ziehe ein Bein an, «wir brauchen hier auch handwerkliche Geschicklichkeit. Seien Sie mal unschicklich, Kirchhoff, Arnim.» Ich nehme seine Hand, die zittert, als hätte er gerade etwas Schweres getragen, und führe sie langsam zwischen meine Beine. Er darf mir jetzt nicht wegrennen. Aber er ist weit davon entfernt. Denn kaum haben seine Fingerspitzen eine Ahnung von dem feuchten, heißen Nest, das sie erwartet, finden sie den Weg ganz alleine. Seine Finger schlüpfen in meine Muschi, als wären sie dafür gemacht, sein Mittelfinger gleitet über meinen Kitzler, reibt und drückt. Ich küsse ihn wieder, schlinge seine Zunge in meinen Mund, meine Brustwarzen reiben über seine Brust. Wenn du fickst, bist du wie ein Mann, hat mein Exfreund immer zu mir gesagt. Nichts im Kopf und alles zwischen den Beinen. Das stimmt und stimmt nicht. Ich behalte sehr wohl noch einen klaren Kopf und lasse die Tür zum Flur nicht aus den Augen. Aber alle Empfindungen konzentrieren sich auf die kleine runde Stelle zwischen meinen Schamlippen. Immer mehr Feuchtigkeit kommt dazu, als würde die weiche, massierende Hand des Teddys meinen Muschisaft aufschäumen. Dann steigt es in mir hoch, sprengt mich fast, und ich japse und stöhne und dränge mich seiner Hand noch einmal entgegen, und ein Finger flutscht in meine Muschi, und die zuckt um seinen Finger herum und zuckt auch noch, als er ihn wieder herauszieht. «Sehr schön», sage ich keuchend, «das ist doch schon sehr viel versprechend. Nun ziehen Sie sich aber schnell wieder an, Kirchhoff, Arnim.» Verwirrt knöpft er sich zu und zieht sein Jackett über. Die Krawatte hält er in der Hand, der feuchten, klebrigen. Keinen Moment zu früh. Die Tür geht auf. Frau Biermann, die Personalchefin, steht im Raum. «Ach, Sie haben unseren Gast schon begrüßt, Eva. Vielen Dank.» Sie reicht ihm die Hand und bemerkt missbilligend, wie schwitzig sie ist. Auch, wieso er seine Krawatte nicht um den Hals trägt, versteht sie nicht ganz. «Machen Sie uns dann einen Kaffee, Eva?», sagt meine Chefin und schickt mich mit einem Blick aus ihrem Büro. Ich werfe dem knopfäugigen Teddy noch eine Kusshand zu, als ich die Tür hinter mir schließe. Ob er den Job bekommt, weiß ich nicht. Aber wenn er will, geht er heute Abend mit mir aus, und ich revanchiere mich.»

Das dritte Auge

Es gibt Männer, die sind so interessant wie der Inhalt eines Staubsaugerbeutels. Frieder war so einer. Er wusste es selbst, und er litt darunter, ohne es ändern zu können. Den ganzen Tag saß er in seiner abgedunkelten Wohnung am Computer und entwarf Homepages für Fischgeschäfte, Bootsverleihe oder eine kleine Literaturzeitschrift «Am Elbestrand», für die er Bilder mit kleinen hässlichen Käfern einscannte. Das feuchte Element lag ihm. Die Aufträge stapelten sich auf seinem Schreibtisch. Er war so erfolgreich, dass er Tag und Nacht hätte durcharbeiten können, aber das änderte alles nichts daran, dass er ein Leben führte wie ein einzelner Silberfisch im Abflussrohr der Dusche. Er wohnte im dritten Stock eines alten Hinterhauses, und so kam ihm sein Leben auch vor. Vorne im Haus wohnten die, die es geschafft hatten, die, die Besuch bekamen, Partys feierten oder abends in der Toreinfahrt schmusten. Zu ihm kam nie jemand. Und wenn er mal im Dunkel der Toreinfahrt stehen blieb, dann höchstens, weil sein Schnürsenkel gerissen war, und nicht, weil ihn irgendeine scharfe Brünette mit bebenden Brüsten gegen die Wand gepresst hätte. Aber was sollte er überhaupt mit einer Brünetten. Für ihn gab es nur

Hillu, und sie war auch der Grund dafür, dass er nicht längst in eine schickere Wohnung gezogen war. Hillu wohnte natürlich im Vorderhaus, und ihr Badezimmerfenster zeigte auf den Hof. Die meisten anderen Mieter hatten die Fenster mit Folie verklebt, Jalousien angebracht oder mit wild wuchernden Kakteen die Sicht nach innen verbarrikadiert. Hillu nicht. Dazu war sie zu natürlich. Wenn sie sich bei den Abfalltonnen begegneten, drehte sich Frieder immer sofort in eine andere Richtung. Sie dagegen sah ihn manchmal so merkwürdig an mit ihren tiefen, meerblauen Augen, als wisse sie sehr viel über ihn, geheime, intime Dinge, und das war ihm peinlich, obwohl es nicht sein konnte, denn Frieder war viel zu schüchtern, um sie anzusprechen, er grüßte sie nicht einmal, und er hielt ihr auch nicht die Tür auf, wenn sie vom anderen Ende der Straße mit wiegendem Schritt wie auf einer Welle herankam. Frieder war ein genügsamer Mensch, für den eine Dokumentation über paarungsbereite Pottwale bereits ein Ereignis war, aber ihr nur aus dem Weg zu gehen reichte ihm nun doch nicht. Und so hatte er sich einen Hightech-Feldstecher zugelegt, ein weit spähendes künstliches Auge, mit dem er problemlos den kleinen Bären hätte anstaunen können, aber Bären aller Art interessierten ihn nicht, sein Jagdrevier lag genau gegenüber im Vorderhaus: Hillus Wohnung. Zwei Fenster gehörten ihr: das von der Küche und das vom Badezimmer, und Letzteres war ihm das liebste.

Da föhnte sich Hillu vor dem Spiegel, wenn sie gegen

Mittag aufstand, da bürstete sie ihre rundlichen Beine, massierte ihre vollen Brüste und schminkte sich. Sie war klein, üppig und hatte lockige blonde Haare bis zur Hüfte, wie eine Nixe.

Einmal stieg Hillu aus der Dusche, tropfnass, wickelte sich ein Handtuch um den Kopf und trocknete sich ab. Sie cremte sich den Busen mit einer weißlichen Milch ein, die sie mit zurückgebogenem Hals direkt aus der Flasche über ihre Rundungen goss. Frieder, der schon einige Zeit am Fernrohr auf sie gewartet hatte, schluckte, hakte seinen Daumen in seiner vorderen Jeanstasche ein und legte die anderen Finger über den Schritt. Über ihren Bauch goss Hillu die Bodymilch, die an ihr hinablief wie Gischt und über ihre Muschel floss. Eine Undine. Die brachten Unglück, Frieder wusste das, aber Hillu war anders. Sie war eine Nixe ohne Fischschwanz, aber mit Unterleib, und mit was für einem. Frieders Jeans spannte sich leicht, und er bewegte die Fingerkuppen über dem Stoff. Er zog das Fernglas etwas tiefer, und genau in diesem Moment stellte Hillu einen Fuß auf die Kommode, um ihre rasierte Perlmuttmuschel einzucremen, und Frieder sah mitten hinein und glaubte, die Perle zu sehen, das dritte Auge der Nixe.

Frieders Herz überschlug sich. Dann war Hillu plötzlich verschwunden, einfach rausgesprungen aus seinem kreisrunden Blickfeld. Irritiert sah Frieder hoch und blinzelte.

Die Badezimmertür war offenbar aufgegangen und ein

nackter drahtiger junger Mann mit exotischen Gesichtszügen hereingekommen. Frieder begutachtete ihn durchs Fernglas, ein Indonesier vielleicht, vielleicht ein Seemann, der sie draußen in der Stadt gefischt hatte. Der muskulöse Mann, der kaum größer als seine dralle Hillu war, strahlte, dass sie ihm ins Netz gegangen war. Ihr gefiel das offenbar auch, denn Frieder sah an ihrem Lächeln und an der Art, wie sie auf ihn zu wogte, dass sie sich sehr freute. Der Mann umfasste Hillu und küsste sie, während er mit der freien Hand das Handtuch um ihren Kopf löste. Er drängte sich an sie und packte mit beiden Händen ihre Hüften, die er sanft knetete und walkte, sodass ihr weiches Fleisch bebte wie Seegang. Hillu hatte eine Hand zwischen die Beine des Seemanns geschoben und streichelte ihn. Das gab Frieder zwar einen Stich, aber gleichzeitig war der kreisrunde Anblick der molligen Hand, die am Schaft auf und ab fuhr, mit dem Daumen die Spitze presste oder am Fädchen spielte, so erregend, dass er den Reißverschluss seiner Jeans hinunterzog und seine Hand in die Boxershorts fahren ließ. Hillu stand Frieder genau gegenüber, und hätte sie geahnt, dass er sie beobachtete, hätte sie ihm jetzt tief in die Augen sehen können. Der Mann betastete ihre Muschel, strich über die perlmuttglänzende Haut, fuhr mit dem Mittelfinger in der Spalte auf und ab, weckte das geheimnisvolle dritte Auge im algenfeuchten Spalt und bewegte die Hand dann rhythmisch. Und obwohl Frieder es nicht so genau sehen konnte, wusste er doch, dass der Mann gerade in diesem Moment einen Finger in das Möschen seiner Hillu geschoben hatte, hineingeglitten war in das feuchte, glitschige, hungrige Tierchen. Frieder wäre zu gerne in sie hineingetaucht und im Schlick ertrunken. Er streifte die Jeans ab, leckte über seine Handinnenfläche und schob sie in die Boxershorts. Hillu und ihr Seemann hatten währenddessen eine Kommode von der Wand gerückt, und Hillu beugte sich nun vornüber, sodass Frieder sie von der Seite sehen konnte wie eine Galionsfigur, ihren bebenden runden Bauch, die Brüste, die im Rhythmus der Stöße von hinten pendelten, ihren offenen Mund. Noch nie hatte sie es im Badezimmer getan. Er hatte schon beobachtet, wie sie ihr Muschelchen blank rasierte und dazu ein Bein auf das Waschbecken stellte. Er hatte verfolgt, wie sie gedankenverloren an sich herumspielte oder in der Badewanne ihre Brüste massierte, aber er hatte sie noch nie so gesehen, und es war wunderschön. Ihr ganzer Körper war in Bewegung. Der Mann hinter ihr hielt ihre Beine fest, sodass Hillu auf der Kommode schwebte wie eine Schubkarre. Er stieß sie mit langsamen Stößen, weit aus dem Becken heraus, sodass man ihn fast bis zur Spitze herausgleiten und wieder in Hillus Muschel verschwinden sah. Frieder hätte es zwar etwas anders gemacht, er hätte sich weiter vorgebeugt, sich mit kleinen Stößen zufrieden gegeben und sich währenddessen lieber an ihrem weichen Bauch und den Brüsten festgehalten, aber so war es auch in Ordnung. Und Hillu gefiel es ja offensichtlich. Frieder schwenkte das Fernglas einen

Zentimeter nach rechts, sodass er nur noch Hillu im Bild hatte und den jungen Mann ganz vergessen konnte. Er fasste fester zu und versuchte, die Stöße so auszurichten, dass sie mit Hillus Bewegungen, ihrem Stöhnen und Lachen im Einklang waren. Frieder kannte Hillu sehr gut, und so wunderte es ihn nur ein bisschen, dass sie zusammen kamen.

Schweißüberströmt stand er da am Fenster im Halbdunkel, wo ihn niemand entdecken konnte. Alles wäre wunderbar.

Alles wäre wunderbar gewesen, hätte Frieder in diesem Moment nicht ein kleiner roter Punkt im Augenwinkel getroffen. Erst nahm er ihn gar nicht wahr, aber dann kam der rote Punkt wieder. Und wieder. Und noch einmal. Frieder beugte sich erneut zu dem Fernglas hinunter und sah in die gegenüberliegende Wohnung. Der Punkt kam aus Hillus Küche. Da sah er normalerweise nie hin. Frieder drehte am Objektiv, um schärfere Sicht zu haben, und spähte hinüber. Da: wieder der rote Punkt. Er suchte und fand es schließlich: Auf der Mikrowelle stand eine Videokamera mit einem riesigen Objektiv, genau auf sein Fenster gerichtet.

Alle zehn Sekunden blitzte ein winziger roter Punkt auf wie das blinzelnde Auge eines versteckten, sehr sehr hässlichen Raubfisches.

Mein fast perfekter Liebhaber

Ich heiße Freya, ich bin Single, und ich weiß nicht, was schlimmer ist. Den ganzen Tag stehe ich in einem Friseurladen und rasiere Stiernacken, massiere Glatzen, lobe übrig gebliebene flusige Haarkränze, Männer in der Mauser, blondiere Flokati-Frisuren auf den Köpfen von Goldkettchenträgern oder versuche, schneidigen Schick in die fettigen Spaghettitroddeln von tumben Maschinenbaustudenten zu fräsen. Und hab ich dann mal einen auf dem Stuhl vor mir sitzen, einen mit grauen Augen, einer sanften Stimme und einem weichen Vogelnest auf dem Kopf, durch das man immerzu wuscheln möchte, dann krieg ich ihn nicht. Vergeben. Alle sind sie vergeben. Ich seh gut aus, daran kann es nicht liegen. Aber irgendwie fehlt mir da das Händchen, das doch sonst beim Toupieren und Wickeln, Kämmen und Legen so geschickt ist. Das Drittschlimmste, wenn man Freya heißt und Single ist, sind die Primaten, die durch Paarung mit mir eine höhere Evolutionsstufe erreichen wollen. In der Disko schlurfte neulich einer an, der sich vorstellte mit: «Ich bin Thorsten, Thorsten ohne Borsten, ha!» Und dabei lachte er wie Fossibär, und ich verdrehte die Augen und sah im Geiste über mir die beiden Opas aus der Muppetshow, wie der eine zum anderen sagt: «Wieder nix, eher haben sogar wir nochmal Sex, ehe Freya nicht mehr frei ist.» Und dabei lachen sie sich fast einen Gehirnschlag. Oder der Typ, der in der spanischen Kneipe einen Tequila nach dem anderen kippte und irgendwann breit grinsend wie der Steinbeißer aus der Unendlichen Geschichte vor mir saß. Seine Pupillen rutschten immer wieder unters halb gesenkte Oberlid, während er versuchte, sein Tequilaglas zu halten, und ab und zu Sätze sagte wie: «Das wackelt hier so wie im Blair Witch Project» oder: «Hast du nich mitgespielt im Blair Witch Project?» Der war besessen von diesem Film und kroch schließlich auf allen vieren aus der Bar, um sich vor ein Taxi zu werfen, das ihn wohl auch überfahren hätte, wäre er nicht knapp zwei Meter groß gewesen. Gar nicht zu reden von dem Schwätzer, der auf eine simple Frage wie «Zucker oder Süßstoff zum Kaffee?» eine halbe Stunde lamentieren konnte. Warum hören sich Männer nur so gerne reden? Muss genetisch sein. Zwei Neanderthaler auf der Jagd, stundenlang hängen sie in einem Baum und vertreiben sich die Zeit mit Wettgrunzen. Und der, dem zuerst nichts mehr einfällt, muss das erlegte Mammut zur Höhle schleppen.

Einer wäre es ja fast gewesen, Manfred, ein Lagerist aus einer Stahlfirma. Der wohnt unter mir und sagt auf der Treppe immer «Hallo, Cherie» zu mir, wenn er sein Rennrad die Treppe runterträgt in diesen schweinegeilen Ganzkörperkondomen, diesen Radfahrer-Erektions-Präsentations-Pellen. Ich hatte beim Müllwegbringen auch genau gesehen, wie er immer auf meinen Hintern starrte. Ich habe einen riesigen Hintern, und ich fühle das genau, wenn sich ein paar begehrliche Augen hineinbohren. Einmal wollte ich mir Haferflocken bei ihm leihen, da kochte er gerade ein Hühnerfrikassee, und damit hatte er ja eigentlich schon gewonnen. Hühnerfrikassee galt in meiner Familie als unmännlich. Mein Vater nannte es «Krankenkost» und aß es so widerwillig, als fürchtete er bei jedem Bissen, er würde gleich hinsiechend aufs Sterbelager kriechen. Gestorben ist er dann an einem Schwarzbrot mit Blutwurst, etwas Ultramännlichem, erstickt ist er dran, Schicksal, das aber nur am Rande. Dass Manfred ein Lederband mit einem roten Stein um den Hals trägt und einem Ring dazu, hatte ich wohl gesehen, aber wie das so ist, da erzählt man sich einen von wegen Geschenk der Mutter oder so. Aber nix Mutter. Iris hieß sie, eine schöne, Flamenco tanzende Telefonverkäuferin, und die hat ihn mir vor der Nase weggeschnappt. Ich hab es so satt. Ich heiße Freya, nicht Frigida, ich brauche einen Kerl. Einen echten, einen, der nicht ständig rumnölt, sondern der meine Reize zu schätzen weiß.

Und da seh ich ihn plötzlich, mitten im Winterschlussverkauf, in einer Boutique. Der perfekte Mann, ein Traum. Zwei Köpfe größer als ich, muskulös, schlank, dunkle, fast schwarze Haare, glänzend und auf idealer Länge, kurz unter den Ohrläppchen, als Friseurin seh ich so was, den Nacken ganz sauber geschnitten, schmal der Hals, nicht so, dass Kopf und Hals gleich breit sind wie ein Flaschenkorken, das hasse ich, schöne Schlüsselbeine im Ausschnitt seines Pullovers. O Herrin, dachte ich, der kann sogar Pullover tragen, die wenigsten Männer können das mit Anstand, die sehen darin aus wie eine ausgestopfte Socke. Der nicht. Der Pulli spannte da, wo er sollte, und saß locker, wo er sollte. Ich war begeistert. Und diese Augen! Tiefblau, und dichtere Wimpern als meine. Wenn das Licht richtig fiele, würden sie lange Schatten werfen auf die Wangenknochen. Ein Gesicht wie gegossen. Und dieses Prachtexemplar, bei dem ich nur noch «haben, haben, haben» dachte, stand ganz ungerührt neben einem Verkäufer, der um ihn herumwieselte, die Arme voller Klamotten, und dabei mit den Armen ruderte wie bei einem Regentanz. Ich sprach den Verkäufer zuerst an. Ich war zu schüchtern, mir den Traummann direkt zu krallen. «Darf ich Ihnen den jungen Mann entführen», fragte ich, und als er mich überrascht ansah, erklärte ich ihm das Problem mit Manfred. Es kostete schon einige Überredungskünste, aber schließlich hatte ich mein Ziel erreicht.

Da steht er jetzt ganz ruhig in meinem Wohnzimmer, schweigend, keine Verlegenheitsgespräche, das hat er nicht nötig. Ich schon. Ich rede. Ich bin nervös. Seit ich ihn gesehen habe, denke ich daran, mich vor seinen traumschönen Augen auszuziehen, und damit fange ich jetzt auch gleich an. Was soll ich lange drumherum reden, deshalb sind wir doch beide in meiner Wohnung. Dass ich seinen Namen nicht weiß, erhöht die Spannung nur.

Ich setze mich auf die Kante meines Couchtisches. Ich knöpfe meine Bluse auf. Dass er gleich, voll bekleidet, wie er ist, dort in der Türfüllung stehen und meine Brüste sehen wird, erregt mich schon, aber ich will, dass er noch viel mehr sieht. Ich hake meinen BH auf und lasse ihn fallen, beuge mich vornüber und zeige ihm, wie meine Brüste in meinen Händen liegen, weich und voll, und er lächelt. Ich weiß, dass ihm das gefällt. Aber er ist ein Genießer. Er will bis zum Ende zusehen. Das kann er haben. Ich schlängle mich aus meinen Nylons und meinem Slip und bleibe einen Moment in meinem Minirock sitzen, dann kommt der ganz besondere Augenblick, wo ich die Hände hinter mir aufstütze und die Knie anziehe. Er kann jetzt mitten hineinsehen durch das dunkle Gekräusel in meine Spalte. Ich schließe die Augen, fühle, wie sein Blick zwischen meine Schenkel schlüpft und hineingesaugt wird ins Feuchte. Natürlich würde er sich jetzt am liebsten gleich die Hose vom Leib reißen, zu mir stürzen und mich durchbohren, aber er will etwas anderes. Und ich fühle genau, was. Ich lege mich zurück auf den Tisch und ziehe die Knie so weit an, wie ich nur kann. Dann drehe ich mich auf die Seite, winkle das untere Bein an und strecke das obere in die Luft. Ich bin ganz offen, und ich kann gar nicht anders, ich muss mich jetzt anfassen. Ich lange hinunter zum Puschel, der an den Rändern ordentlich rasiert ist, wie sich das für eine Friseurin gehört. Und vor den Augen dieses Traummanns berühre ich mein Fell, streiche durch die feuchten, knisternden Härchen, teile die

Spalte und gleite auf und ab. Ich lecke über meine Lippen, flüstere: «Gleich machst du es mir, gleich besorgst du es mir.» Ich bin so nass, dass meine Finger von selbst tiefer glitschen. Ich würde es gerne noch hinauszögern, mich ihm von allen Seiten zeigen, auf ihn zugehen und mich an ihm reiben, aber ich halte es nicht mehr aus. Ich stöhne, soll Manfred in der Wohnung drunter mich doch hören, das ist mir egal. Ich schreie laut, alles ist mir jetzt egal.

Danach lümmel ich mich noch eine Weile nackt auf der Couch und rauche. Ich bin sehr zufrieden und lächle den Traummann an. Der steht da in der Türfüllung, ein Meter neunzig teuerstes Schaufensterpuppenplastik, und lächelt zurück. «Honorio» werde ich ihn nennen. Und treu wird er mir immer sein. Dass er nie was sagt: na und, dann sagt er auch nichts Falsches. Außerdem: Nobody is perfect.

Zicke sein

«Egal, was sie will, tun Sie es!» Der Geschäftsführer Heiermann ging vor der Rezeption auf und ab, als sollte er für eine Verfilmung des HB-Männchens gecastet werden. Seit er den Tipp bekommen hatte, dass eine äußerst schwierige und wichtige Hoteltesterin ins Haus kommen sollte, war er gespannt bis zum Äußersten. «Ob es Miet-Katzen für eine Nacht sind, esoterische Romane über reine Räume oder Waldorfsalat», er zeigte auf das Mickelchen, «Sie besorgen es ihr!» Das Mickelchen war der Praktikant im Klippen-Hotel und verstand die ganze Aufregung nicht. «Was soll's», flüsterte er einer Kollegin zu, die neben ihm stand, «da kommt sie halt und guckt sich alles an, wir sind ein Vier-Sterne-Hotel, wir stehen auf der Liste der vierzig aufregendsten Hotels der Welt, was kann denn da passieren?» – «Was passieren kann?», schrie Heiermann ihn an und tobte um ihn herum wie Rumpelstilzchen, «ich sag Ihnen, was passieren kann. Ich habe diesen Tipp nur aus reiner Nettigkeit bekommen, sonst wüssten wir es gar nicht, Hamburg hat mich privat angerufen und mich gewarnt. Diese Dame ist schwierig. Wissen Sie, was ‹schwierig› in Hamburg bedeutet: Das ist eine Zicke! Die schreibt uns in Grund und Boden. Sie wissen doch, wie die Auslastung im Winter hier ist, hier ist doch nichts, hinter uns ein paar Quadratkilometer Insel, zwei geöffnete Schnapsläden und draußen das Meer, Hotel zur goldenen Depression können wir uns nennen, wenn die paar verliebten Pärchen, die außer ihrem Hotelbett eh nichts interessiert, nicht mehr kommen, weil diese Dame schreibt, hier sei tote Hose. Und Sie», ein Speichelregen traf das Mickelchen, der lange genug Praktikant war, um nicht zurückzuzucken, «Sie werden sich persönlich darum kümmern, dass hier nicht und niemals tote Hose ist!» Das Mickelchen freute sich auf die Testerin. Er hatte sich in das Klippen-Hotel verliebt, seit er zum ersten Mal mit Freunden auf die Insel gekommen war, die wollten nur saufen und Frauen beim Schwimmen zusehen, das war ihm zu langweilig, und er beschloss, einen Rundgang zu machen und sich anzusehen, was die Insel außer den zollfreien Läden sonst noch so zu bieten hatte. Das Klippen-Hotel hatte ihm gleich gefallen. Es stand genau am Atoll und sah aus wie eine Mischung aus Büsumer Mehrzweckhalle und Expo-Pavillon. Innen waren große Bullaugen in den Boden eingelassen, die den Blick in den Wellnessbereich freigaben. Das Wasser schimmerte blau herauf wie aus einem versunkenen Stockwerk, und manchmal konnte man einen nackten Po blitzen sehen, wenn jemand aus der angrenzenden Sauna kam und ins Wasser sprang. Das Mickelchen, das zu dieser Zeit noch nicht der Unterste in der Hierarchie des Hotels war und Mike hieß, fragte nach einer Hotelführung, und spätestens, als er die Zimmer sah, wusste er, dass er hier arbeiten wollte. Riesige Fensterfronten zeigten nichts als Brandung, Gischt und Wellen. Der Badezimmerbereich war von den Designern wie ein Yin- und Yanzeichen als rundes Element mitten in die Zimmer versetzt, sodass man im ersten Moment glaubte, man könnte sich gegenseitig beim Duschen und auf der Toilette beobachten, aber das ging natürlich nicht. Trotzdem hatte Mike diese Vorstellung so erregt, dass er am liebsten gleich mit der uniformierten Rezeptionshostess in die riesigen Betten gesprungen wäre. Ihr Blick hielt ihn davon ab, und stattdessen bewarb er sich dann um das Praktikum. Er freute sich auch deshalb auf die Zicke, weil er bisher nichts wirklich Wichtiges hatte machen dürfen, und die Vorstellung, in Zukunft für eines der besten Hotels der Welt verantwortlich zu sein, gefiel ihm.

Obwohl er vom Hotelgewerbe im Allgemeinen und von Testerinnen im Besonderen sehr wenig Ahnung hatte, wunderte es ihn doch, dass diese Frau nicht einmal versuchte zu verbergen, in welcher Absicht sie hier war. Sie checkte ein mit zwei riesigen Koffern und sagte gleich: «Mariele Bongartz, hallo, ich komme von der Zeitschrift …» Die Rezeptionistin unterbrach sie sofort, schüttelte ihr die Hand, begrüßte sie, als hätte sie Weihrauch, Gold und Myrrhe im Gepäck, und winkte Mike heran, den sie ihr als persönlichen Assistenten vorstellte. Mike lächelte höflich, die Testerin strahlte ihn an, und unter ihren dicht bewimperten Augen, die blauer waren als der Blick in die versunkene Etage, wurde er wieder zum Mikelchen, das gerade die Realschule hinter sich hatte und auf irgendeinen leidlich angenehmen Platz im Leben hoffte. Er wuchtete ihre Koffer auf den Wagen und begleitete sie in ihre Designersuite. «Mein Gott», rief sie, als sie die gezackte, leopardenfellbezogene Liege sah, die an der Wand angebracht war, «was für ein Design.» Und dann nach einer Weile: «Und alle sind so höflich hier. Als hätten Sie mich erwartet.» Sie senkte vertraulich die Stimme. «Meistens werde ich nicht so nett empfangen, wissen Sie.» Das Mickelchen nickte verständnisvoll und räusperte sich, um wieder die Stimme vom fast erwachsenen Mike zu bekommen, was ihm nicht ganz gelang, da ihm die tieferen Töne, die, die nach Rasieren und Biertrinken klangen, mittlerweile in das üppige Dekolleté der Testerin gerutscht waren. Sie trug ein durchsichtiges rotes Nichts, unter dem man ein rotes Spitzenmieder sehen konnte, zu viel für Mike und sein Mickelchen, das sich vor Ehrfurcht in seiner Hose zusammenschrumpelte. Die Testerin schickte ihn weg, aber er blieb immer in ihrer Nähe, sah sie, wie sie im Speisesaal Notizen machte, ums Gebäude herumging und in ein Diktiergerät sprach, wie sie durch die Korridore strich und sich die konservativ designten Suiten zeigen ließ, und wie sie vor allem Fahrstühle und Besenkammern inspizierte. Ihre schwarzen Minilederrock und die roten Strümpfe mit dem Reptilienaufdruck würde er noch lange in seinen Träumen sehen, das wusste er plötzlich. Sie schien ihn gar nicht zu brauchen, und er war schon etwas enttäuscht, da sie auch nur ein Wochenende bleiben würde, als sie ihn am frühen Sonntagmorgen doch noch zu sich bestellte.

Als er ins Zimmer trat, kam sie gerade aus dem Badbereich, den man mit gläsernen Schwingtüren öffnen konnte, und sie trug nichts als ein großes weißes Badelaken. «Ich möchte den Wellnessbereich sehen», befahl sie, «begleiten Sie mich.» Mike fand gar nicht, dass sie eine Zicke war, sie verfügte über ihn wie eine Frau, die weiß, dass sie das Recht dazu hat, und solche Frauen fand Mike ausgesprochen anziehend. Er stellte sich vor, wem sie schon alles befohlen hatte, sie in den Wellnessbereich der luxuriösesten Häuser der Welt zu begleiten, und er wurde ganz aufgeregt bei dem Gedanken, dass er vielleicht sehen dürfte, wie sie das Laken fallen ließ und nichts drunter trug außer einem winzigen trägerlosen Bikini, rot vielleicht wie das Mieder gestern. Sie betraten die versunkene Etage. Der Wellnessbereich verfügte über zwei kleine Blocksaunen, ein Solarium und ein Schwimmbecken. «Was meinen Sie», sagte die Testerin und ließ ihr Handtuch fallen, «glauben Sie, dass man hier nackt schwimmen darf?» Mike konnte nicht anders, er starrte sie an, er hätte gerne auf ihren Bauch gestarrt oder auch auf ihre Beine, aber er konnte nicht anders, er starrte mitten hinein in ihren rötlich gelockten Pelz, der ihn wie ein niedliches Tier lockte, das er gerne in die Hand genommen und gestreichelt hätte. Es dauerte eine Weile, bis er seinen Blick zwischen ihren Beinen hervorziehen konnte, und fast kam es ihm so vor, als gäbe es einen leisen Schmatzer. Ihre Brüste waren auch nicht ohne, voll und rund, und, so viel verstand das Mikelchen schon von Brüsten: Sie waren echt. Kein Silikon, kein verschobener Schwerpunkt, keine Narben um die Nippelhöfe. Diese Brüste würden sich weich und samtig anfühlen, wenn man sie in die Hand nahm, sie würden beben und wackeln, wenn er sich über die Testerin in ihren Pelz hineinschob, sie würden nicht gluckern, wenn man sie streichelte, und sie würden nicht starr wie aufgesetzte Betonbunker die Form von Altglascontainern haben, wenn die Testerin auf dem Rücken lag. «Sicher», stammelte er, «können Sie hier nackt schwimmen, eigentlich ist das nicht erlaubt, aber es ist ja niemand da.» «Niemand außer Ihnen», hauchte die Testerin und ging zum Wasser, um ihm auf diese Weise auch noch ihren ausladenden straffen Po zu zeigen. Mike stand wie ein Bodyguard am Rand des Schwimmbeckens, die Hände wie ein Körbchen über seinem Geschlecht gefaltet, damit es der Testerin nicht auffiel, wie sie ihn erregte, und sie sich dann beim Heiermann beschweren würde, wie unprofessionell sein Personal sei. Sie hatte nicht wirklich Lust zu schwimmen, das sah man. Ein, zwei Bahnen lang ließ sie sich auf dem Rücken treiben, wobei sie sich sehr gerade hielt, und ihr rötlicher Pelz, dunkel vom Wasser, schwamm auf Mike zu und von ihm weg wie eine verführerische Insel, eine Fata Morgana, die man nie erreicht. Dann hatte die Testerin genug, sie stieg aus dem Wasser, nahm das Mikelchen bei der

Hand und zog ihn zum Solarium. «Jetzt zeigen Sie mir doch mal, was man hier alles machen kann», sagte sie, schob ihn in die Kabine und schloss hinter sich ab. Und während Mike noch überlegte, welche Bräunungsstufen es gab, öffnete sie erst das Solarium und dann ihre Beine, als sie sich hineinlegte und ihm ein Kondom entgegenhielt, dass sie wohl in einer Falte ihres Handtuchs versteckt hatte. Mike war jetzt so erregt, dass er es kaum noch aushielt, bis er mit der Spitze ihr feuchtes Krausfeld berühren würde. Einen Moment lang überlegte er noch, was wohl Heiermann dazu sagen würde, wenn er sie jetzt überraschte, aber selbst die Vorstellung erregte ihn. Und hatte Heiermann nicht selbst gesagt: «Sie besorgen es ihr» und: «Hier darf niemals tote Hose sein»? Wahrscheinlich war es ihm sogar recht, immerhin würde es vielleicht gute Kritiken geben, genau, er, Mike, würde dieses Haus an die Weltspitze des Hotelgewerbes vögeln!

Er schälte sich aus seiner Kleidung, stützte sich mit einem Fuß auf den rutschigen Kacheln ab und kniete sich mit dem andern Bein zwischen die Schenkel der Frau. Einen ihrer Füße, der sonst von der Sonnenbank herabgebaumelt hätte, legte er über seine Schulter. Er hätte gerne ihre Brüste geknetet oder ihre Möse gerieben, gefühlt, wie sie heiß und glitschig zwischen den Beinen wurde, und er hätte ihre Nässe gern bis auf ihren Bauch verteilt, aber er brauchte die Hände, um sich abzustützen und den Deckel des Solariums offen zu halten. Bequem war es nicht. Aber Mike brauchte auch nicht lange, sein Schwanz glitt in die Hoteltesterin, er fühlte nicht vorsichtig vor oder fickte erst ihren Möseneingang, sondern schob seinen Schwanz bis zum Schaft in ihre Muschel. Die Testerin bog das Kreuz und streckte ihm ihren Hals entgegen, an dem er sich gerne festgesaugt hätte, aber das ging nicht. Stattdessen vögelte er sie in schnellem Rhythmus aus der Hüfte und achtete darauf, nicht aus ihr herauszurutschen, weil es in seiner Position, halb im und halb aus dem großen Toaster, schwierig gewesen wäre, sich wieder in ihre Muschi einzufädeln. Außerdem hatte er in seinem «Liebesatlas für zu Hause», einem primitiv bebilderten Siebziger-Jahre-Aufklärungsschinken, gelesen, dass Frauen ein gleichmäßiges Stoßen schätzten. Die hier wusste offensichtlich, was für einen Hotelknaben machbar war und was nicht, und sorgte selbst für sich. Ihre rot lackierten Krallen glitten zwischen ihre Schamlippen, wo Mike dienstfertig herumfuhrwerkte. Der Mittelfinger rutschte auf die Clit und vibrierte dort. Mike sah schwitzend hin, konnte sich gar nicht lösen von dem Bild des einzelnen flatternden Fingers zwischen den saftigen Lippen und den Locken drum herum und wünschte sich kurz, auch einmal eine Frau sein zu dürfen. Nicht für lange natürlich. BHs tragen, bei jedem Parken mit dem Auto dummen Kommentaren ausgesetzt sein, weniger verdienen und immer zu dick zu sein, das war nichts für ihn. Aber gefickt zu werden, das musste doch schön sein. In einem pumpte ein warmer biegsamer Schwanz, und nebenher rubbelte man sich noch in die warmen Wellen.

Die Testerin war mit seinen Qualitäten offensichtlich zufrieden, denn sie seufzte wohlig, murmelte etwas von «besonderer Erwähnung» und schickte ihn weg. Mike, der nun nichts mehr von einem Mikelchen an sich hatte, betrat stolz und würdevoll die Rezeptionshalle, wo ihn Heiermann abfing. «Das Ganze war ein Scherz!», rief er ihm entgegen, «Hamburg wollte mich nur foppen, weil ich ihm den Weintester vor zwei Monaten verschwiegen hatte, die ist überhaupt nicht wichtig, die Dame!» – «Das mag man sehen, wie man will», sagte eine weibliche Stimme hinter ihnen. Heiermann und Mike drehten sich um, die Testerin stand da, nur in ihr großes Badelaken gewickelt. «Ich komme von der Zeitschrift *Mad Maid – alles, was bösen Mädchen Spaß macht*. Ich teste Hotels auf ihren Erotikfaktor hin, Sie wissen schon: Kann man ungesehen im Fahrstuhl petten, gibt es Möglichkeiten für freiwillige Samenraubnummern in der Wäschekammer, wie sexy sind die Angestellten usw. Und ich muss sagen», sie machte eine kleine Kunstpause und zwinkerte Mike zu, «Ihr Service ist wirklich Spitze.»

Lilly und Bodo tun es

Alle tun es. Erzählt mir nichts, alle! Man steht in einem fremden Badezimmer, nebenan tobt eine Party, jemand angelt mit speckigen Fingern Früchte aus der Bowle, die Frau, die immer so aussieht, als käme sie gerade aus einer VHS-Häkelgruppe, schwingt ihren mageren Hintern in einer knallengen Lederhose falsch im Takt und sieht immer noch so aus, als käme sie aus einer VHS-Häkelgruppe, und alleine kühlt man die brennenden Fußsohlen in durchgeschwitzten Nylonstrümpfen auf dem Kachelboden, und dann tut man es halt. Ich tue es immer und überall, seit ich ein Kind war und groß genug dafür. Und ich mache es in jedem Badezimmer, sei es das von meinem Lektor oder von einer flüchtigen Bekannten. Keiner ist vor mir sicher. Kein einziger Spiegelschrank. Ob es ein Obi-Allibert ist oder ein Designer-Unikat, ich öffne es. Ich sehe hinein. Diskretion ist eine Eigenschaft, die mir völlig abgeht. Und ich finde auch, wenn jemand etwas zu verstecken hat, soll er es tun, aber nicht im Badezimmerschrank. Man erfährt so unglaublich interessante Sachen, wenn man sich die Tiegel und Töpfchen, die Fläschchen und Flakons ansieht. Das müssten Personalberater bei Einstellungstests machen, keine psychologischen Fragebögen und Handschriftenanalysen, sondern überfallartig bei der Bewerberin klingeln, ins Bad stürmen und den Allibert öffnen. Da offenbart sich ungeschminkt die ganze Existenz. Praktisch ist das auch bei Bewerbern ganz anderer Art, ich meine im eher privaten Bereich. Wenn man im Badezimmerschrank eines potenziellen Beschälers (bei diesem Wort ziehen sich mir immer die Eingeweide zusammen, drum sag ich es so gern – als wäre ich ein Apfel, der geschält werden soll) neben Warzentonikum und einer Jumbotube Herpes-Salbe auch noch Schuppenshampoo findet, weiß man doch sofort: Der Typ ist eine schick verpackte Eiterbeule, den möchte man nicht anstechen – und auch nicht angestochen werden, also ruft man sich selbst auf dem Handy an und flüchtet.

Auf Lillys Party musste ich solche Enthüllungen nicht befürchten. Sie und ihren Freund Bodo kenne ich seit der Schulzeit. Sie haben seit Jahren ungeniert Gleitcreme im Badezimmerschrank stehen, und es kümmert sie nicht die Bohne, ob jemand heimlich an Bodos Enthaarungscreme riecht oder Lillys Cellulitis-Gel probiert. Lilly und Bodo sind seit zehn Jahren zusammen, und das ist eine Leistung, wenn man erst Ende zwanzig ist. Die beiden sind ein Paar, das mir Spaß macht. Sie quiekt immer noch, wenn er sie knufft, und sie legt, wenn sie neben ihm auf dem Sofa sitzt, ihre beringte, hennageschmückte Hand immer noch mit einer unerreicht eleganten Lässigkeit in seinen Schritt, während sie meine Quiches lobt und von diesem tollen jungen

Autor erzählt, den sie bei einer Garagenlesung in der Pampa gehört hat. Hat sie sich in Fahrt geredet, bewegt sie die Finger leicht massierend über seinem Reißverschluss, er rutscht ein Stück tiefer, öffnet die Knie noch weiter als ohnehin schon, knurrt behaglich und genießt seinen Dauerständer, bis unser Weinabend zu Ende ist. Sammy und ich, wir mögen die beiden. Sie inspirieren uns. Wir sind da eher ein bisschen verklemmt. Wenn Sammy mir in einem leeren Saal im Museum gelegentlich vor einem erotischen Gemälde den Arm um die Schultern legt und seine Hand tiefer bis zur Brust rutscht, ist das schon etwas Gewagtes. Lilly und Bodo sind da anders, die tun es einfach, immer und überall. Bei Sammy und mir ist in letzter Zeit der Wurm drin, bzw. der Wurm kommt eben nicht mehr rein, um im Bild des unbeschälten Apfels zu bleiben. Sammy ist so müde abends, dass er kaum einen Spielfilm durchhält, geschweige denn eine Schweiß- und Speichelsession mit mir, seiner Liebsten. Selbst wenn wir uns mal Zeit nehmen und wirklich wollen: Irgendwie klappt es nicht mehr richtig, Stress wahrscheinlich oder die Umweltverschmutzung, X-Rays aus dem Weltall zerstören die Potenz unserer Männer. Bestimmt hätte ich die beiden und ihre grenzenlose sexuelle Energie bis in alle Ewigkeit beneidet, wenn ich nicht auf dieser Party die Gelegenheit genutzt hätte, mich genauer in ihrem Badezimmer umzusehen. Ihren Allibert kannte ich ja nun seit Jahren, aber links neben dem Waschbecken gibt es noch so einen Schrank für Handtücher, große Bürsten,

Föhnaufsätze und was man so braucht, um derartig applausverdächtig auszusehen, wie Lilly und ich das zweifellos tun – mit ein bisschen Nachhilfe. Und da fand ich dann hinter einer Dose mit Haarspangen und Glanzwachs eine kleine Apothekerflasche mit blauen rautenförmigen Kapseln. Das hat mich dann doch schockiert, das muss ich ehrlich sagen. Ich war nicht schockierter, als ich im Bad meines ersten, merkwürdig zurückhaltenden Freundes ein Fläschchen rosafarbenen Nagellack fand, auf dem ein Gefrieretikett mit seiner Handschrift und der Anweisung «erst Unterlack!» klebte. Lilly und Bodo helfen sich also mit Chemie auf die Sprünge, unsere sexbesessenen Freunde, die letzten Sommer auf dem Zeltplatz im Nylon-Iglu neben uns so laut gegrunzt hatten, dass sich ein paar wackere Belgier mit Baseballschlägern und Taschenmessern zusammenrotteten, weil sie glaubten, es seien gefährliche Wildschweine auf dem Campingplatz. Und diese beiden geben sich offensichtlich den Viagra-Thrill. Ich hatte mir die Tabletten zwar anders vorgestellt, vor allem rochen sie süßlich, fast minzig, aber wer weiß, warum das so sein muss. Ich habe schon gesagt, dass ich indiskret bin, aber gestohlen habe ich noch nie etwas. Bis zu dieser Party. Ich konnte einfach nicht anders und ließ zwei Kapseln mitgehen. Lügen gehört normalerweise auch nicht zu meinen Lastern, aber auch das ging an dem Abend nicht anders. Ich gab also die große Migräne in drei Akten und rauschte mit meinem Liebsten nach Hause. Da zeigte ich ihm meine Beute. Uns beiden war klar, was das bedeuten konnte. Denn auch wenn Sammy nicht darüber geredet hatte, ihm fehlte es auch, unser Gesuhle und Geknusper, Geknurpse und Gestoße. «Jetzt weiß ich, wieso Bodo neulich im Kink Lon mit Lilly im Klo verschwunden ist, um ihr seine ‹Frühlingsrolle› zu zeigen, und gleich danach im Kino schon wieder, weil er einen süßsauren Nachtisch haben wollte. Das ist ja Schiebung.» – «Ist es nicht», sagte ich und kniete mich vor meinen Liebsten, «die zwei sind einfach cleverer als wir, die wissen, wie man bekommt, was man will.» Sammy warf die erste Kapsel ein und fing an, Witze zu machen, er fühle schon, wie er jetzt potent, blind und herzkrank würde. Dann fing er aber doch Feuer. «Weißt du eigentlich, wie sehr ich deine Muschi vermisst habe», krächzte er, als ich mich auf seinen Schoß setzte, «hättest ja mal öfter vorbeisehen können», meckerte ich zurück. Das ist bei uns so, wir kabbeln uns immer beim Sex, das macht uns an.

O Viagra, dachte ich, als seine Hände zwischen meine Schenkel fuhren und sein Schwanz in mich eindrang, danke, jetzt tun wir es endlich wieder. Und die Wirkung war erstaunlich: Sammy fickte mich wie ganz am Anfang, als wir uns gerade erst kennen gelernt hatten, hungrig irgendwie und völlig weltvergessen. Manchmal streifte mich sein verschwommener Blick, dann sah er mich an und lächelte, und ich lächelte zurück und setzte mich so auf ihm zurecht, dass sein Schaft bei jedem Stoß über meinen Kitzler fuhr. Dann wurde ich ungeduldig, und ich nahm seine Finger und legte sie an meine Clitti. Sie mag es nicht, gerubbelt und gedrückt zu werden, ein ganz leichter Druck reicht aus, Sammy weiß das und trippelt höchstens manchmal ein bisschen. Ich kam zuerst. Das ist immer so bei uns. Wir haben da so unser Ritual. Ich zuerst, damit ich geduldiger werde, dann fickt er in aller Ruhe zu Ende, und wenn er kurz davor ist, abzuspritzen, raunt er mir kleine Obszönitäten ins Ohr, damit ich wieder heiß werde. Dann kommt er, und ich winde mich schon wieder. Er zieht seinen Schwanz aus meiner Möse heraus und steckt mir gleich zwei Finger hinein und fickt mich mit der Hand fertig, den Daumen ganz leicht auf meinen Kitzler gedrückt. Nach den obligatorischen, eiskalten Dosenpfirsichen, die ich immer nach vollzogener Beschälung haben muss, verdiente sich Sammy noch das fast schon schmelzende Vanilleeis, das es bei uns nur nach dem großen Verwöhnprogramm gibt, wahlweise vom Bauch geleckt oder direkt zwischen den rasierten Mösenlippen schmelzend, was dann aber schnell gehen muss, sonst wird es zu kalt an dieser empfindlichen Stelle, aber Sammy kannte all diese Einzelheiten offensichtlich noch genau, schleckte mich aus, und ich dankte wieder mal in Gedanken Lilly und Bodo und ihrer pharmazeutisch-erotischen Weisheit, drehte mich um und hielt Sammy meine schon etwas müde Muschi hin, damit er sich auch noch einen Nachschlag holen sollte. Diskretion gehört nicht zu meinen löblichen Eigenschaften, also war es klar, dass ich unsere Nacht am nächsten Morgen mit Lilly durchtratschen und ihr bei dieser Gelegenheit auch gleich meinen Diebstahl beichten würde. Lilly lachte schallend und japste, als sie wieder Luft bekam: «Jaja, diese Dinger sind wirklich erstaunlich», und nach einer kleinen Pause, «vor allem, weil es Drops sind. Pfefferminzdrops. Das ist ein Scherzartikel. Ich weiß auch nicht, wieso es Bodo so scharf macht.» Diskretion ist weder meine noch Lillys Stärke, aber dieses Geheimnis haben wir bis heute nicht verraten. Wir besorgen abwechselnd diese kleinen Dragees im Bonbonladen, ich «stehle» sie bei Lilly, und Sammy und Bodo fragen nicht nach, sondern tun es einfach, das, was wir alle wollen.

Sojasauce rezeptfrei

«Kaffee!», bellte Rüdiger aus dem Arbeitszimmer. Er bellte immer. Sabine konnte sich gar nicht mehr erinnern, wie er früher gewesen war. Er musste irgendwann einmal um sie geworben haben, er musste ihr Komplimente gemacht und sie verführt haben, aber in ihrem Kopf fand sie nichts außer ein paar Bildern, unscharf und nichts sagend wie Schnappschüsse in einem fremden Fotoalbum. «Ich komme sofort», rief sie eine Spur zu hoch und trug die Tasse ins Arbeitszimmer. «Eigentlich müsste ich ihm Schmackos servieren», dachte sie und grinste.

Rüdiger saß mit seiner Börsenzeitung in seinem alten, beige bezogenen Ikea-Lesesessel aus Unizeiten und trank Tee. Neben ihm stand eine große Tonschale mit orientalisch gewürzten Chips, seiner Lieblingssorte. Er war groß und dunkelhaarig, seine Kinnlade stach so markant hervor wie bei einem Kampfhund. Er zupfte an seinen Manschettenknöpfen. «Wie siehst du wieder aus», sagte er, «wie auf dem Babystrich. Musst du diese zerlöcherten Jeans tragen?» – «Ich ziehe mich gleich um, Honey», sagte sie und wollte zurück in die Küche gehen, als Rüdiger ihr hinterherrief: «Wenn dein Hausfrauen-Terminkalender das zulässt, dann besorg mir irgendwas aus der Apotheke, ja? Ich kann hier nicht weg, und mir ist immer so schwindlig in letzter Zeit.»

Die Apotheke war gleich unten im Haus. Sabine rannte die zwei Treppen bis ins Erdgeschoss. Rüdiger würde sich jetzt stundenlang seinen Börsenkursen widmen. Da war es sowieso besser, wenn sie nicht zu Hause war, da konnte er sie nicht auffordern, sich zu ihm zu setzen, und sie examinieren, was der DAX sei und wie die aktuellen Kurse seiner Aktien standen. Denn wenn sie es nicht wusste, würde er gackern, mit ihrem Gehirn könne man höchstens Muster auf Kittelschürzen drucken, und sie sollte bloß aufpassen, nicht aus der Form zu gehen, denn wenn ihre Titten den Bleistifttest nicht mehr bestünden, würde ihre Notierung gegen null gehen.

Das Beste an Rüdiger war sein Geld. Anfangs hatte sie sich von seinem Äußeren blenden lassen, aber mittlerweile war sein Kontoauszug das Attraktivste an ihm. Leider würde sie bei einer Scheidung von dieser Null auch die Nullen auf dem Konto verlieren, denn Rüdiger hatte sie in weiser Voraussicht einen Ehevertrag unterschreiben lassen.

In der kleinen Apotheke begrüßte sie Lisa, die Apothekerin, mit einem Lächeln. «Was gegen Schwindel?», fragte sie und reichte ihr zwei Fläschchen, als Sabine nickte, ein braunes und ein durchsichtiges. Lisa setzte Sabine auf einen Hocker, stellte sich hinter sie und begann, ihr die Schläfen zu massieren. Sabine seufzte. «Was hast du für sanfte Hände», sagte sie, «wenn Rüdiger mich anfasst, hab ich das Gefühl, mich bespringt ein tollwütiger Gorilla. Er wirft sich über mich, brabbelt etwas von meinen Titten und ob sie noch nicht hängen, und manchmal rechnet er mir vor, wie viel er mir bezahlen müsste, wenn ich jetzt eine Nutte wäre, dass das ja rausgeschmissenes Geld wäre und dass ich als Nutte genauso wenig taugen würde wie sonst auch.» – «Ach, meine Schöne», seufzte Lisa, «wenn ich dir nur helfen könnte. Was wär das toll, wir beide in Shanghai, allein in einer Dschunke.»

An einem Nachmittag hatte Sabine die Klinke der Apotheke schon in der Hand, als sie drinnen im Laden eine große, durchtrainierte Gestalt im Designeranzug sah: Rüdiger. Lisa stand hinter der Theke und zwinkerte Sabine durch die Scheibe zu. Sie klimperte mit den Augenlidern, lächelte Rüdiger an, ging um den Tresen und strich über seine Brust. Dann zog sie ihn ins Zimmer hinter dem Laden und drehte den Kopf noch einmal kurz, um Sabine zuzuzwinkern. Sabine wartete einen Moment, dann öffnete sie die Tür, hielt sofort die Klingel fest und schlich zu den Apothekerschränken, von wo aus sie ins hintere Zimmer sehen konnte.

Lisa kniete mit weit offenen Beinen auf einem Tisch und knöpfte sich den weißen Kittel auf. Rüdiger lachte wie ein Panzerknacker aus einem Mickeymouse-Comic, «harahar» machte er, und Sabine schüttelte sich vor Abscheu. Aber Lisa knöpfte jetzt auch noch ihre Bluse auf und reckte Rüdiger ihre kleinen Brüste entgegen. Rüdiger stand untätig vor ihr und trat von einem Fuß auf den anderen. Lisa wand sich wie eine indische Tempeltänzerin. «Ich hab es immer schon mal mit einem so tollen Mann tun wollen», schmeichelte Lisa, «der so viel Stil hat und der so männlich ist.» Rüdiger war kaum mehr zu halten. Er drängte Lisa auf den Rücken, zog ihr die Jeans samt Slip über den Hintern und bog ihre Knie auseinander. Mit kreisrunden Augen starrte er auf ihren Pelz und die rötlichen Hautfalten darunter. «Ein Fötzchen», grunzte er selig und sprach das so überdeutlich aus wie ein kompliziertes Fremdwort. Seine Hose fiel ihm herunter und blieb an den Waden stecken, sodass Rüdiger nur noch winzige Schritte machen konnte. Er hätte seine italienischen Schuhe aufschnüren können, um sie auszuziehen, aber das wäre zu viel Aufwand gewesen. Lisa rutschte auf dem Tisch ein Stück von ihm weg, setzte sich mit weit gespreizten Beinen vor ihn hin und streichelte ihren Biber. «Ja guck, wie rollig das Fötzchen ist», seufzte sie, steckte einen Finger in den Mund und strich über ihren Pelz. Rüdiger beugte sich vor, um Lisa zu fassen, die rutschte noch weiter weg. Rüdigers Handy klingelte, aber er ignorierte es, was Sabine doch sehr erstaunte. Wenn er mit ihr im Ehebett zugange war, nahm er mittendrin ab und bellte atemlos einige Sätze hinein oder kommentierte, was er gerade tat, wobei er Sabine immer «die Kleine» nannte. Lisa zwirbelte ihre Brustwarzen, rutschte vom Tisch und drehte sich vor ihm. Ihr Tonfall war süß und klebrig wie geschmolzener Karamell. Rüdiger versuchte, in kleinen Schritten um den Tisch herumzutrippeln, um sie endlich zu fassen. Lisa lachte. Rüdiger lief der Speichel aus dem Mund, als er wie hypnotisiert auf Lisa starrte. «Dann sieh genau hin», sagte Lisa mit plötzlich harter Stimme. «Das hier ist eine schöne, nasse Fotze, aber du», sie drehte sich zu ihm um und zog die Jeans hoch, «du bist der allerletzte Arsch, und du glaubst doch nicht im Ernst, dass eine Frau wie ich mich von einem Macker wie dir umnieten lässt?» Sabine hätte fast aufgeschrien vor Schreck. Hoffentlich sagte Lisa jetzt nicht irgendwas, was sie nur von ihr wissen konnte. Sabine flüchtete schnell aus dem Laden. Grinsen musste sie doch bei dem Gedanken, dass Rüdiger jetzt mit heruntergelassener Hose die Welt nicht mehr verstand und von der resoluten Lisa hinauskomplimentiert werden würde. Sie begann zu Hause mit dem Abendessen, Schweinefleisch Chop Suey, und während sie das Filet zerschnitt, überlegte sie, ob wohl Männer, denen der Penis abgetrennt wurde, diesen im Mund zum Arzt tragen wie einen herausgeschlagenen Zahn, damit er ihnen da wieder angenäht wird. Sabine lachte schallend. Erstaunt hörte sie sich selbst zu. Gelacht hatte sie in letzter Zeit wirklich zu wenig.

Rüdiger kam, schlang das Essen in sich hinein, schmatzte und grunzte, schlabberte und rülpste und verschwand ohne ein Wort im Arbeitszimmer. Bald hörte man sein lautes Schnarchen. Sabine ließ sich ein Bad ein, schlich nur in ein Handtuch gewickelt zur Wohnungstür und öffnete sie leise. Als sie Schritte hörte, trat sie in den Flur.

«Das hätte danebengehen können», flüsterte sie. Lisa

stand im dunklen Treppenhaus und kicherte leise. «Er hat so blöd ausgesehen.» Sie küsste Sabine auf den Mund. Ihre Zunge strich ganz sanft an den Zähnen entlang, «du bist so appetitlich in dem Handtuch», sagte sie, «eingerollt wie ein köstliches Sushi». Sie streichelte Sabines Schultern. Beide kicherten. «Nicht im Treppenhaus.» Lisa küsste ihren Hals und streichelte ihren Oberschenkel. Als sie mit den Fingerkuppen Sabines schon etwas feuchten Pelz kraulte, stöhnte die leise. «Bald», hauchte sie, «aber noch nicht, ja? Noch bin ich verheiratet.» – «Also gut», Lisa nickte, küsste Sabine auf den Mund. Dann huschte sie die Treppe zu ihrer Wohnung hinauf.

Sabine stand wieder am Herd und rührte in einer süß-sauren Nudelsuppe. Wenn Rüdiger beim Arbeiten eingeschlafen war, bekam er oft noch spät Hunger. Sie schüttete Sojasauce dazu. Aus der untersten Besteck-schublade nahm sie das durchsichtige Fläschchen und träufelte etwas daraus in die Suppe, ganz wenig nur, Rüdiger würde es nicht schmecken, und auch sonst wäre nichts nachzuweisen. Man musste nur sparsam damit umgehen und es über Monate hinweg anwenden. Es würde aussehen wie ein Herzinfarkt. Nicht ungewöhnlich bei Rüdigers Arbeitspensum und seinen Schwindelanfällen. Sabine wäre eine reiche Witwe und würde Lisa die schönsten Luxushotels Shanghais zeigen. Sie rührte in der Suppe. Etwas bitter würde sie vielleicht schmecken. Aber das konnte man mit Soja-sauce übertünchen. Sojasauce passte zu allem.

Mexikobeige

«Würden Sie bitte einen Fuß hinstellen und den Oberkörper weiter zurücklegen», Rieke krempelte sich die
Ärmel hoch, während der nackte Mann, der vor ihr auf
dem schwarzen Samtstoff und dem Berg von Kissen
lag, tat, was sie anordnete. «Gut», sie strich sich über die
Stirn, ein weißer Strich blieb über ihren Augenbrauen
zurück, «und jetzt öffnen Sie bitte die Schenkel noch
weiter, ich muss den Muskelstrang an der Innenseite
richtig sehen.» – «Das ist der *Aduktor*», sagte der Mann,
und Rieke verdrehte die Augen, während sie eine gelbe
Glühbirne in eine Lampenfassung schraubte und ihm
zwischen die Beine richtete. Sie überlegte. Dann ging
sie die paar Schritte bis zum Kühlschrank, klaubte etwas Margarine aus der Packung und strich es über
Schenkel und die bläulichen Hoden. Der Mann kicherte, und Rieke überlegte sich, ob sie sein Honorar kür-
zen sollte. Schließlich war sie aber doch ganz zufrieden,
sprühte mit einem Luftbefeuchter seine Brust an und
stäubte etwas roten Pigmentpuder über das Körperteil
an ihm, das mit Sicherheit den meisten Grips hatte.
Um seinen Kopf kümmerte sie sich nicht, die Frisur war
ihr egal, ob er rasiert war, spielte auch keine Rolle, den
Kopf würde sie nicht malen, soweit kam sie irgendwie

nie. Rieke nahm eine Flasche Gin, drehte die Tangerine-Dream-CD lauter und schlüpfte aus ihren Jeans. Mit der Palette in der Hand stand sie vor der bereits grundierten Leinwand und überlegte. Sie hatte noch nie ein Gemälde vollendet und auch noch nie eines verkauft. Dabei war sie eine gute Malerin, nicht so eine Kitschtrine, sondern eine richtig gute. In ihren Bildern sahen die Männerkörper, die sie malte, irgendwie verwüstet aus, sie wusste gar nicht, wie das kam, sie fing immer so diszipliniert an, zeichnete einen sicheren Umriss, schon während der Akademiezeit war sie von allen für ihr Freihandzeichnen gelobt worden, und auch in der Ausgestaltung. Wenn, wie ihre Professorin immer gesagt hatte, mit der Farbe auf die Skizze auch das Fleisch auf die Knochen kam, hatte sie eine sichere und ruhige Hand. Die Verwüstung hatte mit dem Sex begonnen. Rieke war eine Spätberufene. Die ganzen Jahre in der Akademie hatte es Verabredungen zum Milchkaffee gegeben, Kinobesuche oder Diskussionsrunden, Sex nie. Es war nicht so, dass sich Männer nicht für sie interessiert hatten, aber Rieke konnte es nicht ertragen, wenn sie von oben bis unten taxiert wurde, wenn sie wie eine Putenkeule beim Fleischer begutachtet wurde, ob man wohl noch ein zweites Mal mit ihr ausgehen sollte, und so ließ sie meist irgendeine Zickigkeit fallen und machte sich aus dem Staub, bevor ihre Verabredung in die körperlichen Details gehen konnte. Und auch das gegenseitige Modellstehen beim Zeichnen hatte sie gehasst, obwohl sie wusste, dass sie einen schönen vollen

Körper hatte, größer als die meisten Frauen, wie geschaffen für ein Revolutionsbild oder ein Denkmal. Aber seitdem sie ausschließlich hinter der Leinwand stand und die Männerkörper, die einige Meter von ihr entfernt lagen, standen oder saßen, dirigieren, arrangieren oder, wie sie es bei sich formulierte, «anrichten» konnte, hatte sich das geändert. Es überkam sie einfach. Ihr Strich wurde zittrig, und oft drückte sie den Pinsel so fest gegen die Leinwand, dass er sie durchbohrte oder an den Hölzern, die die Leinwand spannten, zerbrach. Auf ihrer sorgsamen, knötchenfreien Grundierung türmten sich Wülste und Krater von Farbe, sodass das Bild von der Seite wie ein Relief aussah. Rieke band sich ein Kopftuch um die weißblonden Haare und strich sich noch einmal mit dem Handrücken über die Stirn. Sie wusste nicht, wie es passierte. Sie wusste nur, dass sie irgendwann aus einem Rausch von Farbe und Fleisch aufwachen und das Gemälde wieder nicht vollendet sein würde. Sie nahm einen ganz dünnen Dachshaarpinsel und begann die Umrisse ihres Modell auf die Leinwand zu übertragen. Er hieß Moritz oder Maurice, aber im Grunde interessierte sie das auch nicht. Hingeräkelt lag er im gelben Licht vor ihr, die Beine weit gespreizt und zwischen seinen Schenkeln das Stillleben, um das es ihr eigentlich ging. Sie war besessen von diesen Formen, von der schlanken länglichen Form des Schwanzes, die aus dem borstigen Haarnest auftauchte wie ein Reptil aus grauer Vorzeit, und der rundlicheren zweigeteilten Hodenform darunter, die das Reptil bebrütete. Manchmal legte Rieke ihre Modelle auch über ein besonders hohes Kissen vor sich hin und ließ sie die Oberkörper zurücklegen, sodass sie alles genau betrachten konnte, vor allem die merkwürdige Stelle unter dem Nest, an der nichts war, gar nichts, nur Haut, die sich in nichts von der an den Schenkeln oder am Po unterschied, da, wo es nicht hineinging ins Feuchte und Schlüpfrige wie bei ihr selbst, wo sich nichts auftat, kein Geheimnis sichtbar wurde, nichts dazu verleitete, sich weiter ins Innere zu tasten. Wie malt man das Nichts? Rieke hatte es immer wieder versucht, aber es gelang ihr nicht, sie hatte den Modellen mehr gezahlt, damit sie sie von dem Haarnest und seinem Urzeitreptil weiter hinuntertasten ließen, aber sie fand das, was sie suchte, nicht. Rieke trat einen Schritt zurück und beobachtete Moritz-Maurice und sein Abbild auf der Leinwand. Alles noch in Ordnung, sehr sachliche, kühle Linien. Rieke mischte den Farbton seiner Haut auf der Palette, ein mexikanisches Beige, und merkte, dass ihr wärmer wurde, als sie begann, mit der Farbe seine Schenkel herauszubilden. Kleine Schweißtröpfchen rannen ihr unter dem Kopftuch dicht an den Ohren vorbei. Sie nahm einen härteren Pinsel, wischte über die Farbe, drückte neue Tuben aus, rührte mit dem Pinsel durch, stach auf die Leinwand ein und spachtelte die Farbe. Unmerklich war sie einen Schritt zur Seite getreten, sodass sie mehr den Mann im Blick hatte als ihr Gemälde. Sein Gesicht sah sie nicht und auch nicht, dass er seine Zehen bewegte, damit ihm in der unbequemen Haltung, in der er vor Rieke lag, nicht die Füße einschliefen. Aber seinen Beckenknochen, der unter der mexikobeigen Haut spannte, sah sie, die Linie seines Schenkels, die der Muskel mit dem blöden Namen spannte, das schwarze Gekräusel sah sie und das Reptil, das ganz vorsichtig darin zuckte, seinen Schlaf beendete, seinen Kopf hob und sie ansah. Rieke war sich sicher, dass es sie ansah. Sie ließ den Pinsel fallen und griff mit dem Finger in die Farbe, schmierte sie zu den anderen, drückte neue Tuben direkt auf dem Bild aus und verteilte die weiche Masse mit dem Handballen. Weiter ging ihr Blick zu der runderen Form, die prall und dunkelrot im Nest lag wie ein Geschenk, und sie musste daran denken, wie sie als Kind vorsichtig die überreifen Pflaumen mit Lippen und Zähnen geöffnet hatte und wie der rötliche Saft über ihr Kinn getropft war, und Rieke leckte sich über die Lippen und malte die Form mit den Fingerspitzen rund und runder, immer im Kreis ging ihr Finger, bis ihr schwindlig war. Rieke schwitzte jetzt so, dass ihr die weite Bluse am Rücken klebte, sie zog sie aus und stand nackt wie ihr Modell im Atelier, bald über und über mit Farbe beschmiert, mexikobeige meistens. Und dann musste sie es selbst anfassen, und sie ging hin zum Modell und fühlte unter ihren Händen statt der Paste und der Leinwand jetzt warme Haut, die gerieben und mit Farbe bedeckt werden wollte. Rieke hörte Moritz-Maurice von weit her stöhnen, irgendwo zwischen den Kissen grunzte und atmete er, aber das ging sie nichts an, sie kümmerte sich nur um das Nest und das Reptil, das nach Farbe schmeckte, und weiter unten um das merkwürdige Nichts, wo es nach Terpentin roch und nicht weiterging. Sie suhlte sich mit ihm in der Farbe, manchmal konnte sie nicht mehr unterscheiden, ob sie das Modell anfasste oder vor der Leinwand stand, es vermischte sich alles so sehr in diesem Gemisch aus Farben, dass Rieke ganz schwindlig wurde.

Schließlich lag sie schwer atmend in den verrutschten Kissen und sah ihre beschmierten Hände und die mexikobeigen Schlieren, die sie überall bedeckten. Ihr Kopf hämmerte. Sie zündete sich eine Zigarette an und überlegte, ob sie es wirklich sehen wollte, das unvollendete Bild. Auf der Akademie hatte es nur sie und ihre Kunst gegeben. Wie eine Nonne hatte sie jedes gute Gemälde angebetet, und ihre Gemälde waren fast immer gut. Und dann war diese Sache dazwischengekommen. «Zeit für einen Exorzisten», murmelte Rieke, nahm das Bild von der Staffelei und lehnte es mit der bemalten Seite gegen die Wand. Dort stapelten sich, unbesehen und oft noch feucht in den Schichten, wo die Farbe besonders dick aufgetragen war, Hunderte von Leinwänden. Alle mexikobeige.

Das Mauerkaktus-Mädchen

Als mir der Captain endlich in die Augen sah, verbrannte er mir den Arm mit seiner Zigarette, und kurz danach war ich fast nackt. Dass seine Meute anfangen würde zu jodeln, war ja klar gewesen.

Die Meute, die immer um ihn herumwieselte wie Beagles kurz vor dem Jagd-Halali, bestand aus einem halben Dutzend Mädchen und Jungen, die alle größer als ich waren und alle schöner. Neben ihnen sah ich aus wie eine schlecht gezeichnete Comicfigur, zu klein irgendwie, zu gedrungen, und in meinem Gesicht war nie dieser wissende, überlegene Ausdruck, sondern immer ein großes Fragezeichen. Als wäre das nicht schon demütigend genug gewesen, wurde auch das Gefolge des Captains noch von allen bewundert. Wer beim Burgern neben ihm sitzen durfte, war in der beliebtesten Clique der Schule. Klar, dass ich nicht dazu gehörte.

Ich trug mein Tablett mit Pepsi light und Käsekuchen meistens mit gesenktem Kopf an ihnen vorbei und hoffte, dass ich nicht weiter auffiel. Meistens klappte das aber nicht, weil ich immer, wenn ich den Captain sah, stolperte oder etwas fallen ließ, und prompt fing die Meute an zu jodeln. Ich heiße Heidelinde, aber alle sagen Heidi zu mir. Die überaus originellen Fragen, wo mein Geißen-Peter ist und ob ich es mit dem Alm-Öhi treibe, kenne ich seit der Grundschule. Ich hatte gedacht, auf der Theodor-Heuss-Berufsschule würde es besser, aber das wurde es nicht. Selbst der Captain nannte mich Heidi – falls er mich mal ansprach, was sich auf Sprüche wie «Heidi, schlurf doch mal beiseite, das ist ja schrecklich, dieses Schneckentempo, hier geht's ein bisschen schneller zu als auf der Alm» beschränkte. Ich glaubte, dass er solche Sachen nur sagte, um vor der Meute gut dazustehen, die jedes Mal grölend lachte und in wildes Gejohle ausbrach, denn eigentlich war er nett. Er musste einfach nett sein, denn er sah umwerfend aus. Er hatte orange gefärbte Haare, die er mit Gel und Haarspray wie einen Helm frisierte, sodass sie aussahen wie die windschnittigere Variante eines Playmobilfigürchens, und ein Gesicht wie ein Filmstar. Oft trug er weiße Overalls aus einem papierähnlichen Material, die er sich in einer Strahlenschutzfirma besorgte und die ihm einen spacigen Anstrich gaben und ihn immer auffallen ließen, egal, ob er der Star einer Technoparty war oder in der Berufsschule vor mir saß. Die Clique nannte ihn Captain, weil er wie Captain Future aus der Zeichentrickserie aussah und auch immer «das ist ja schrecklich» sagte. Ich hätte mich natürlich nie getraut, ihn so anzusprechen. Ich hätte wohl Sebastian gesagt, wenn sich eine Gelegenheit ergeben hätte, mit ihm zu reden, aber die ergab sich nie. Bis zu diesem Abend, an dem alles anders wurde.

Ich war mit einer Freundin in der Disko, von der ich

wusste, dass der Captain mit seiner Meute immer hinging. Na ja, Freundin ist zu viel gesagt, es war eher eine botanische Zweckgemeinschaft, zwei Mauerblümchen in symbiotischer Verklemmtheit stehen im gegenseitigen Schatten. Wir langweilten uns wie üblich. Es forderte uns niemand zum Tanzen auf, und wenn ich ehrlich bin, sah uns auch niemand nur an. Ich bin eben so. Man sieht mich nicht, wenn ich nicht gerade etwas fallen lasse. Die Clique sagt auch oft «das Heidi» zu mir, und irgendwie stimmt es auch, sehr fraulich bin ich wirklich nicht. Auf Brüste warte ich bis heute, dabei bin ich schon siebzehn, ich glaube, die Natur hat mich schlicht vergessen oder will einfach nicht, dass ich mich fortpflanze. Neben uns stand die Meute groß und schön wie Engelsgestalten und lachte über alles, was der Captain sagte, meistens ging es dabei um Sex.

Das dachte ich zumindest, denn worüber hätte er sonst sprechen sollen als darüber, was man mit diesem Traumkörper alles anfangen konnte, mit den muskulösen Beinen, der perfekt ausgebildeten Brustpartie, die ich immer bewunderte, wenn er in der Schule das Netzhemd trug, in dem er mich durch zahllose Urwaldträume gejagt hatte. Meine sexuelle Erfahrung beschränkte sich auf ein Date mit einem marokkanischen Austauschschüler, mit dem ich im Kino in einem Film war, in dem Aliens das Gehirn eines Menschen auslöffelten, frisch aus dem Schädel, und währenddessen fummelte der Austauschschüler an meinem BH herum und versuchte, mit der anderen Hand krakenartig unter meinen Rock zu fassen, wo ihn ein weißer Liebestöter erwartet hätte. «Ihh, ist das widerlich», hatte ich gesagt, «das muss doch nicht sein», und er hatte geglaubt, ich redete von dem Film, in dem es jetzt mit Kettensägen zur Sache ging, aber ich meinte eher seine gierigen Griffel an meinem Sport-BH. Was soll ich machen, ich bin so. Sex interessiert mich nicht.

Das stimmt nicht: Ich bin besessen von Sex.

Ich denke an nichts anderes. Wenn unser Steno-Lehrer sich rittlings auf seinen Stuhl setzt und sich die Hemdsärmel hochkrempelt, werde ich schon ganz kribbelig, ich habe eine Schwäche für männliche Unterarme. Und wenn ich mir dann noch vorstelle, es wären die Unterarme des Captains, dann wird mir ganz anders. Was würde ich drum geben, wenn er nur einmal wirklich mitbekäme, dass es mich gibt. Dass ich eine Haut habe, die kribbelt, sobald er mich zufällig berührt, dass ich um ihn kreise wie ein Erdtrabant und völlig in seiner Anziehungskraft gefangen bin. Wie oft habe ich mir vorgestellt, ich könnte ihm einfach in die Arme sinken, seine Hände auf meinen zugegebenermaßen breiten Po legen und ihm mit der Zunge über die Lippen fahren. Aber nie war er auch nur in meine Nähe gekommen. Bis zu diesem Abend.

Er hielt eine dieser blonden Cheerleadertypen im Arm, Typ IQ gleich Gewicht, also etwa 55, und sagte wieder mal: «Echt? Aber das ist ja schrecklich», als er mir mit seiner brennenden Zigarette zufällig zu nahe kam und meine Polyesterbluse Feuer fing. Ich fing an zu schreien und schlug mit der Handtasche auf den Arm, und da war der magische Moment, in dem der Captain den Kopf hob und mir das erste Mal direkt in die Augen sah, mit seinen traumblauen schimmernden Staraugen in meine matschbraunen ungeschickt geschminkten. Und noch bevor ich wusste, wie mir geschah, ließ der Captain seine Barbie fallen, griff meine Bluse und zog sie mir über den Kopf. Er trat das Feuer aus, murmelte: «Das ist ja schrecklich», und ich versuchte, auf der Stelle zu sterben, damit er nicht sah, dass ich in angegilbter Unterwäsche mitten in der Disko stand, mit einem Gesichtsausdruck wie eine aufblasbare Gummipuppe. Die Meute fing prompt an zu jodeln: «Heidili, was hast du Feuer plötzlich, das Heidi steht in Flammen, hol mal einer Ziegenmilch für das Heidi!» Sie fanden es irre komisch. Mir rollte eine Träne über die Wange, ich konnte es nicht verhindern, obwohl ich wusste, dass jetzt ein schwarzer Strich aus aufgelöster Wimperntusche vom Auge bis zur Wange lief und ich keineswegs zart und verletzlich aussah, sondern eher wie ein schmutziges, bockiges Kind, das man irgendwo vergessen hat.

Jetzt musste der Moment kommen, in dem der Captain sein Sakko ausziehen und mir über die Schultern legen würde, in dem er mich aus der Disko führen und mich fragen würde, wie es mir ginge, in dem er sich für mich interessieren würde und alle meine Wünsche in Erfüllung gehen würden. Und genauso kam es auch: Er legte mir sein Sakko über die Schulter, brachte mich von der Tanzfläche weg, lehnte mich gegen eine Wand und sagte: «Das ist schrecklich, wirklich, geht's denn wieder.» Und dabei sah er mir in die Augen, und ich schloss sie und legte meine Arme um seinen Nacken und zog ihn zu mir heran, und er seufzte: «Na gut, das hast du dir verdient, muss ja auch mal sein», und küsste mich. Das heißt, er versuchte es.

Denn ich habe niemals, niemals jemanden erlebt, der einen derartig viehischen Mundgeruch hatte. Als sei in seinem Rachen die Pest ausgebrochen. Eine Mischung aus totem Hund und Teerfett. Und da sah ich auch, dass sein Haaransatz dringend nachgefärbt werden musste. Ich schob ihn von mir weg, seine Meute stand mittlerweile um uns herum und glotzte wie eine Herde Almkühe, sie konnten es nicht glauben. Er hatte die Augen noch geschlossen und murmelte: «Komm, komm, lass den Geißenpeter hier zum Trost mal ran.» Ich warf ihm sein Sakko vor die Füße und stolzierte hoch erhobenen Hauptes im BH aus der Disko.

Mag schon sein, dass ich eher ein Gewächs bin als eine Frau. Aber ein Mauerblümchen bin ich nicht. Eher schon ein Kaktus. Und der sticht eben, wenn man ihm zu nahe tritt.

«Fick mich!» – eine Art Nachwort

«Fick mich!» Ist das Pornographie? Wenn es ein schmieriger Fernfahrer in einem schlecht beleuchteten Film zu einer minderjährigen Anhalterin sagt, die er vor zwei Minuten in seinen Truck gezerrt hat, und dieser Satz die einzige Dialogzeile des Films ist: Höchstwahrscheinlich ist das Pornographie. Aber was wäre, wenn wir auf hundert Seiten miterlebt haben, wie sich ein Paar leidenschaftlich verliebt und die Frau in einer Liebesnacht in den Flitterwochen diesen Satz halb kichernd haucht, worauf ihr Mann sie mit Liebesschwüren überschüttet und mit zitternder Zunge für den ersten multiplen Orgasmus ihrer bis dahin eher spartanischen sexuellen Laufbahn sorgt? Ist es dann auch Pornographie? Am Vokabular kann es nicht wirklich liegen, obwohl es daran festgemacht wird.

Eine große deutsche Publikumszeitschrift wagte neulich die Wandlung vom Tankstellen-Schmuddelblatt zur Infotainment-Wartezimmer-Illustrierten, und da ich gerade zu dieser Zeit anfing, erotische Kurzgeschichten für die Redaktion zu schreiben, wurde mir eine schwarze Liste von Begriffen mitgeteilt, die man aufgrund des gestiegenen Niveaus nicht mehr zu verwenden habe. «Möse» war so einer. «Muschi» hingegen sei okay, «Vötzchen» auch, «Votze» wiederum nicht. «Schwanz» ist g'schamig mit «er» zu umschreiben, und obwohl die Geschichten «juicy» sein sollen, dürfen auf gar keinen Fall Körperflüssigkeiten drin vorkommen. Und: vor allem keine Hinterteile. Natürlich schon gar keine penetrierten. Da kneift die Redaktion kollektiv die Rosetten zusammen. Die Moral ist diese: Eine Blondine mit dem IQ eines Hirsebreis zu schildern, die demütig vor ihrem Chef auf den Knien rutscht, damit er über dem Anblick all ihrer Vorzüge ihre mangelhaften Diktatkenntnisse vergisst, also das Klischee einer Frau zu zeigen, wie sie erniedrigt und auf das Wort mit dem «M» reduziert wird, ist in Ordnung. Eine toughe erotisch aggressive Storyheldin, die sich bei den Männern holt, was ihre *Möse* braucht, und sich genussvoll *ficken* lässt, ist dagegen unter Niveau. Das Vokabular kann es nicht sein, denn Sex ist nun mal keine saubere, possierliche Angelegenheit. Es ist nicht mal besonders ästhetisch: Zwei schwitzende, keuchende Körper ringen miteinander, um Ströme von Speichel, Sperma oder Vaginalflüssigkeit auszutauschen. Es gibt keine einzige Position, weder im Kamasutra noch im Joy of Sex, in der man vorteilhaft aussieht. Die Rettungsringe rollen sich, oder die Knochen bohren sich spitz vor. Man stöhnt, sabbert, brabbelt dummes Zeugs und verdreht die Augen. Das ästhetisch zu beschreiben ist schon keine Kunst mehr, es ist eine Lüge. Es ist keine Lüge. Denn es ist doch auch so schön, sich herumzusuhlen auf dem Laken mit jemandem, dem man alle Problemzonen direkt vor die Nase halten darf und der das dann auch noch geil findet. In der Literatur ist es ähnlich. Die Form muss dem Inhalt entsprechen. Das bedeutet: Die eben geschilderten, doch recht tierischen Vorgänge schreien geradezu nach einem doch recht tierischen Vokabular. Und mal ehrlich: Wem soll bei dem Satz «Die Kurven deines Gesäßes erscheinen mir reizvoll?» einer abgehen, wenn er sich einen *geilen Arsch* vorstellen möchte? Aber zurück zu den Frauen in solchen Geschichten.

Dieses Bild einer, um im pornographischen Vokabular zu bleiben, *geilen*, starken, lustvollen Frau ist offenbar schwierig. Für Redaktionen, aber auch für Feministinnen. In meinen Büchern und Geschichten gibt es nicht einen Fall, bei dem eine Frau erotisch zu kurz gekommen wäre. Es gibt nicht eine Heldin, die sich duckt oder die sich benutzen lässt. Aber es gibt eine wilde Horde munter vögelnder Frauen, Weiber, Xanthippen und Lolitas. Frauen mit Cellulitis, Überbiss, grauen Haaren, Fettpolstern oder der Oberweite einer Strukturtapete. Und sie alle haben Sex. Wann sie wollen, wie sie wollen, wo sie wollen, mit wem sie wollen. Schwierig.

In einem norddeutschen Sechstausendseelen-Dorf veranstaltete eine Freundin von mir einen Workshop mit dem Titel «Schweinkram – erotische Literatur von und für Frauen». Es kamen acht Frauen. Als Kurslektüre hatte sie mein Buch «Das Lächeln der Pauline» angegeben. Prompt hagelte es Kritik. Feministische Kritik.

Und zwar, weil den doch wesentlich älteren Kursteilnehmerinnen die Frauen in den Geschichten zu emanzipiert waren. Kein Druckfehler. *Zu* emanzipiert. Sie wünschten sich eingestrickte Geschlechterdebatten. Es sollte Diskussionen zwischen den Figuren über sexuelle Wünsche und Rollenbilder geben, um «das Problembewusstsein zu schärfen». Damit habe ich in doppelter Hinsicht Schwierigkeiten.

Zum einen schätze ich zwar intellektuelle Diskussionen, aber nicht im Bett. Was ich schreibe, sind keine soziologischen Aufklärungsbücher, sondern erotische Appetizer. Ein (männlicher) Leserbrief bezeichnete manche der Geschichten einmal als «Wichsvorlagen». Und ich muss zugeben, dass mir die Vorstellung gefällt: Rattig erregte Frauen, die es sich mit diesen Texten besorgen, finde ich prima.

Zum anderen vertrete ich die doch, wie ich finde, ziemlich feministische Ansicht, dass die Zeit der Diskussionen passé sein muss. Der Worte sind genug gewechselt, Schwestern, lasst uns Taten sehn. Wir wollen nicht über Sex diskutieren, wir wollen Sex haben, und zwar geilen, heißen, zärtlichen, witzigen Sex. Wie es uns gefällt. Und ich denke, es nützt schüchternen Frauen mehr, ihre Ansprüche einzufordern, wenn man ihnen starke Frauengestalten zeigt, die Spaß an der Sache haben, als immer und immer wieder durchzukauen, wie schwierig es doch sei, Männer zu einem Vorspiel zu überreden. Der Spaßfaktor ist das Entscheidende. Und die Reaktion der LeserInnen zeigt, dass ich damit so falsch nicht liegen kann. Wenn Männer sich bei mir melden, schreiben sie meist einfach, dass sie es «geil» fanden. Sie bezeichnen sich als «glücklicher Frauenfan» oder mailen: «Dein Schreiben lässt meine Phantasie galoppieren.» Ein querschnittsgelähmter Mann schrieb mir einmal, er habe mit der Zeit gelernt, Erotik im Kopf auszuleben und zu genießen, und es mache ihm mittlerweile eine große Freude, Frauen zu verwöhnen. Wenn Post von Leserinnen kommt, steht oft drin, dass sie es mutig finden, so über Sex zu schreiben, und dass sie es auch gerne so offen handhaben würden. Viele Frauen verraten auch, dass sie selbst heimlich erotische Geschichten schreiben.

Überhaupt habe ich – bestätigt vom aktuellen Buchmarkt – den Eindruck, dass die Pornographie ein Feld ist, auf dem sich zur Zeit sehr viele Frauen tummeln. Und diese Autorinnen kopieren durchaus nicht männliche Stereotype von heißen Rothaarigen und Riesenschwänzen, sondern haben einen ganz eigenen Blickwinkel. Und auch ihre Heldinnen heben einfach ab beim Vögeln, statt darüber über die Rollenbilder des Patriarchats zu referieren. Das ist neu. Und ich sehe darin durchaus eine Art von Frauenpower ohne lila Latzhose.

Früher sah das noch ganz anders aus: erklärende, rechtfertigende, überkorrekte Gesinnungstexte. Und genau diese gut gemeinten, verklemmten, feministischen Texte à la «wir haben eine Klitoris und brauchen uns nicht zu schämen, alles steht im großen Kontext der Muttergöttin, und Kuscheln ist doch eh viel schöner» kann ich nicht ertragen. Oft verstehe ich sie nicht mal. Da *öffnen* sich dann irgendwelche *Blütenkelche, Sonnen verglühen im Bauch,* und ein *Ozean an Liebe überschwemmt das Sein* als solches. *Der Zauberstab, bebend vor Lust, dringt in die Stratosphäre des Venusplaneten* ein. *Zwei Schicksale verbinden sich mit tausend glühenden Zungen.* Was bitte machen die da? Wer tut da was und mit wem?

Ob man einen Satz wie «Fick mich!» gerne hören möchte oder ob man ihn gerne liest oder ob man diese Art von Vokabular abstoßend findet, ist reine Privatsache. Aber allein die Verwendung dieses Vokabulars ist noch nicht frauenfeindlich. Auch nicht die literarische oder filmische Darstellung. Sex ist im Prinzip noch nicht frauenfeindlich. Deshalb ist mir ein Großteil der Pornographiedebatte unverständlich.

Die Zensur geht da in Deutschland merkwürdige Wege. Bei meinem ersten Buch wurde mir vom Verlag erklärt: Beschreibt ein Mann harten Sex, läuft er Gefahr, unter den Index zu fallen. Tut es eine Frau, gilt das als emanzipatorische Befreiung und wird eher zugelassen. Das geht so weit, dass männliche Autoren unter einem weiblichen Pseudonym schreiben, um besser durch die Zensur zu kommen. Selbst bei mir wurde in einer amazon-Leserrezension spekuliert, ob ich ein Mann sei. Bin ich nicht – und wenn einige Leser mal zwischen den Sexszenen auch die Geschichten lesen würden, wüsste das auch jeder. Ich bin ziemlich eindeutig eine

Frau. Ganz bestimmt. Ich habe es. Das unbenennbare Körperteil mit dem «M».

Viel Spaß, liebe Leserinnen und Leser, mit Euren unbenennbaren Körperteilen wünscht Euch

Sophie Andresky

Anonymus
Eskapaden einer Lady
Roman
(rororo 13419)
Die attraktive Alicia Brown
will der schleppenden
Karriere ihres Mannes Warren
auf die Sprünge helfen –
sei es auch um den Preis
der ehelichen Treue. Je
hemmungsloser sie sich mit
ihren wechselnden Liebhabern
aus den Chefetagen austobt,
desto rasanter entwickelt
sich die Karriere ihres
Mannes. Der plötzlich
erfolgsverwöhnte Warren
ahnt natürlich nicht, wem er
seinen kometenhaften
Aufstieg verdankt...

Die Lust auf dem Lande
Roman
(rororo 12753)

Die Lust in der Stadt
Roman
(rororo 12776)

Spiele im Palazzo
Roman
(rororo 13372)

Venezianischer Reigen
Roman
(rororo 13449)

Emmanuelle Arsan
**Emmanuelle oder
Der Garten der Liebe**
Roman
(rororo 11951)

**Emmanuelle oder
Die Kinder der Lust**
Roman
(rororo 14014)

**Emmanuelle oder
Die Liebe zur Kunst**
Roman
(rororo 12608)

Römische Nächte
Roman
(rororo 13191)

Yin Yang und Jade
Roman
(rororo 12822)

Laura
Ein erotischer Roman
(rororo 22214)
In der exotischen Welt von
Manila begegnen sich fünf
Männer und Frauen, die
weder Konventionen noch
Tabus kennen. Auf einer
gemeinsamen Forschungs-
reise durch die Philippinen
geraten sie in eine Welt
voller Geheimnisse und
dringen immer tiefer in den
Dschungel der Lust ein.

Weitere Informationen in der
Rowohlt Revue, kostenlos im
Buchhandel, und im Internet:
www.rororo.de

Gisela Krahl / Andrea Riepe
Wonnestunden *Betörende
Düfte, schlüpfrige Öle und
berüchtigte Salben*
Mit Illustrationen von
Brian Grimwood
192 Seiten. Gebunden.
Wunderlich
«Schon die Aufmachung des
Buches ist eine Wonne. Wir
werden optisch verführt, den
Verführungen nachzugeben,
die die Autorinnen vor uns
ausbreiten ... Folgen wir dem
Buch, wird es unserem
Wohlbefinden – und dem
unseres Partners – an nichts
mehr fehlen.»
Journal für die Frau

Andro
Mehr Spaß am Sex *Wie
Männer bessere Liebhaber
werden*
Mit Abbildungen
(rororo sachbuch 60647)

Lonnie Barbach
Mehr Lust *Gemeinsame
Freude an der Liebe*
(rororo sachbuch 60397)

Andrea Baldauf /
Stefan Biele (Hg.)
Was uns Anmacht *Die
sexuellen Phantasien der
Deutschen*
(rororo sachbuch 60331)
Pure Lust *Sexuelle
Phantasien der Deutschen*
(rororo sachbuch 60635)

Jolan Chang
Das Tao für liebende Paare
*Leben und Lieben im
Einklang mit der Natur*
(rororo sachbuch 60715)

Bettina Hesse (Hg.)
Feuer und Flamme
(rororo 22823)
Heiß und innig
(rororo 22557)
Von Sinnen
(rororo 23037)

Lust
... träumen
... erleben
... genießen
(rororo sachbuch 60466)

Kathrin Passig / Ira Strübel
Die Wahl der Qual *Handbuch
für Sadomasochisten und
solche, die es werden
wollen*
(rororo sachbuch 60944)

Weitere Informationen in der
Rowohlt Revue, kostenlos im
Buchhandel, und im **Internet:
www.rororo.de**